メディアワークス文庫

皇帝廟の花嫁探し２
～お花見会は後宮の幽霊とともに～

藤乃早雪

目　次

プロローグ

皇太子殿下がついにお妃《きさき》さまを迎えられた。奉汪国《ほうおうこく》――特に宮中においては今年一番話題となった、衝撃の出来事だろう。

(皇帝軍に属し、宮廷に勤める一兵士としてこの林草《りんそう》、殿下とお妃さまのお噂《うわさ》はよく耳にするが、お目にかかることは一生なかろうな)

林草は城壁の警備をしながら、街に出回った殿下の肖像画を思い出す。それはそれは男らしく、武人に負けず劣らずの、逞《たくま》しい体つきをした美丈夫だった。

(お妃さまは心優しい素敵な方だと聞く。きっと護《まも》りたくなるような、愛らしいお方に違いない)

お妃さまが後宮入りをして以来、宮廷の警備強化が進んでいることからしても、そうなのだろう。

「林草、交代だ」

欠伸《あくび》をしながら戻ってきた同僚に、林草はぴくりと眉を動かす。

「昼間からそんな状態でどうする。不審な女の目撃情報が出ているんだ。いつも以上に気を引き締めなければ」

相手が歳上《としうえ》にも拘《かか》わらず、林草は思わず厳しい言葉を返してしまった。

「はぁ。お前は張り切りすぎなんだよ。俺らみたいな、自警団あがりの下級兵士が見張る場所といったら門ですらないただの壁。気合を入れたところで貰《もら》える賃金は同じ。もっと力を抜いた方が良《い》い」

「我々は確かに下っ端だが、ここは宮中。何かあったでは済まされないんだぞ」

「はいはい。分かったから、さっさと休憩行ってこい」

同僚は気怠《けだる》げに言い、もう一度大きな欠伸をする。

（どうなっても知らないからな）

これ以上何を言っても無駄だと思い、林草は定められた動線を通って軍の詰所に戻る。

途中、視界の隅で木が揺れた。

（……ん？）

ふと視線を向けると若い娘が一人、木に生った実をせっせと収穫しているではないか。

――それもなんと、塀の上によじ登った状態でだ。

あまりに堂々としており、見過ごしそうになるが、使用人が宮中の物をくすねることは禁じられているはずだ。

下っ端だとしても、皇帝軍の一員であることに変わりないと、林草は使命感から声をかける。

「おい、そこの女」

「は、はい。何でしょう？」

娘は手を止め、こちらを見て瞬きを繰り返す。まるで、何故《なぜ》呼び止めたのかと言わんばかりの表情だ。

薄化粧をし、長い髪を団子にして結い上げ、きっちり身なりを整えているわりに、服装は時折見かける女官のものと同じで質素。可愛《かわい》らしい顔立ちだが、行動に至っては猿のようで、なんともちぐはぐな印象を受ける。

「そんなところで何をしている」

「見ての通り、香橙《こうとう》をとっていました。上の方に生った実をとらないと、腐ってしまうと思って」

塀の上に立つ彼女は、熟れた実を腕に抱え、平然と言ってのけた。

林草は一瞬納得しかけたが、いや違うと首を振る。

「勝手に宮中の物をとることは禁止されているだろう。誰の許可を得てそんな真似《まね》をしている」

「ええっと……。一応とても偉いお方の許可をいただいています」

「怪しいな」

不審な女の目撃情報があったのは、ここではなく琥珀《こはく》宮のはずだが、もしかしたらこの女のことかもしれない。

林草がじろじろ見ていると、彼女は気まずそうに視線を泳がす。

「決して怪しい者では……いや、確かにここにいてはいけない身ではあるのですが」

益々《ますます》怪しい。これは黒だと思った林草は、塀から下りてついてくるよう促した。

彼女の言い分が正しいかは、軍が取り調べれば分かることだろう。怪しいと思いながらも、林草の勝手な判断で見逃すわけにはいかない。

「それだけはご勘弁を！　これは貴方《あなた》に差し上げますので」

塀からひらりと舞うように飛び降りた娘は、林草に向かってずいと黄色の実を差し出した。

「やはり盗人《ぬすっと》か！」

「違いますってば！」

娘が逃げないよう腕をつかんだ拍子に香橙が落ち、ごろごろ地面を転がっていく。

手荒な真似をするつもりはなかったが、これも宮中の平和のためだ。仕方ない。

詰所に引っ張って行こうとしたその時――。

「何をしている。手を放せ」

背後から怒りを孕《はら》んだ冷たい声が聞こえ、全身に悪寒が走った。

林草が無意識に手を緩めた隙に、娘は拘束を解き、突然割り込んできた男のもとへと駆けていく。

「明様《みん》！」

「まったく、お前は何をしでかした」

「私がしでかした前提なんですか⁉　ただ塀に登って香橙をとっていただけですよ」

「塀に登って、よく分からん実をとる女が宮中のどこにいるんだ。十分目につく奇行だ」

「宮廷内の植物は好きにして良い、と言ったのは明様ではないですか。それに香橙はよく分からない実ではなく、料理の香りづけや、お菓子にも使われる――」

娘は顔を輝かせ、楽しそうに蘊蓄《うんちく》を語り始める。男の方は素っ気なく相槌《あいづち》を打っているが、娘に向ける視線は優しく、まんざらでもないといった様子である。

（あの美男子は一体何者だ？　様、と呼ばれるからには相応の身分なのだろうが……）

黒い布地に金の刺繡《ししゅう》が入った服装からして、位の高い文官だろうか。文官の官舎は正殿を挟んで反対側にあるので、林草は殆《ほとん》ど出くわしたことがなければ、階級のこともよく知らない。

「おいそこのお前」

「はい」

やたらと威圧的な男に睨《にら》まれ、林草はびくりと肩を跳ね上げる。

「先程のことは見なかったことにしろ。この女の処遇は俺が預かる」

「そうは言いましても、上に報告しないわけには……」

上官からは、何か起きた際には、ささやかなことであっても報告しろと言われている。どう対処すべきか分からず困惑していると、男から舌打ちが返ってきた。

「明様も不審者扱いされてるじゃないですか」

「誰のせいだと思ってる」

不機嫌そうな男の横で娘がくすくす笑い出し、事態はより混沌《こんとん》を極め始める。

(ど、どうする？　見なかったことにすれば、この場は丸く収まるかもしれないが、後で何か問題になりにでもしたら困る)

報告だけはさせてほしいと口を開きかけたところ、地響きのような足音とともに、林草の上官が走って来る。

「大変申し訳ありません!!」

顔を真っ青にした上官は勢いそのまま、林草の頭を摑《つか》んで無理やり頭を下げさせた。

「警備に補充されたばかりの新入りで何も知らず、大変失礼なことを！　よく言い聞かせておきます」

いつもはどん、と構えている上官が、必死に頭を下げて謝罪する様子を目の当たりにし、ただ事ではないと察する。林草も事態が吞《の》み込めないまま、ただひたすら頭を下げた。

「いや、いい。勝手に出歩いているこちらの責だ。そのくらいの気概をもって、警備に励んでくれ」

赦《ゆる》されたかと思いきや、文官と思わしき男は一段低い声で付け加える。

「――だが、今後この娘に触れることは許さん。分かったな」

鋭い眼光に気圧《けお》され、全身から嫌な汗が滲《にじ》み出《で》る。次にあの娘に触れるようなことがあれば、自分は間違いなく首を落とされるだろう、と林草は思った。

「雨蘭《ゆーらん》、行くぞ。お前に用がある」

「あの！　その香橙、拾って調理場に運んでもらえると助かります。萌夏《もんしあ》か光雲《こううん》という人に言えば分かると思うので！」

去り際、娘は早口にそう告げると、慌てた様子で男の後を追いかけていった。

「今のお方は……」

未《いま》だ状況を呑み込めない林草は呆然《ぼうぜん》と呟《つぶや》く。

隣に佇《たたず》む上官は眉間に指を押し当て、溜《た》め息《いき》混じりに答えを返した。

「殿下だ」

「……殿下？」

「皇太子殿下だ」

そんなはずがない。肖像画で見た皇太子殿下は、もっと筋肉質で、武人のような姿をしていた。

そう否定したくなるものの、彼が殿下であるとしたら、尊大な態度や只者《ただもの》ではない威圧感への納得がいく。

「では、あの娘は……？」

殿下と親しげに話していた、あの女官は一体誰なのか。

殿下が彼女に向ける視線は優しく甘やかで、世話係や親しい友人に向けるものとは、明らかに異なっていた。

（まさか――）

「ここにいてはならないお方だ。今日見たことは忘れろ」

林草はその一言で全てを察し、驚きと恐怖で震え上がる。

「承知しました」

何も見ていない、だから処罰はよしてくれ。そう心の内で願いながら、林草は散らばった香橙を拾い、上官とともに調理場へ届けたのだった。

第一章　立派なお妃さまになるまであと三月《みつき》

一

「今から三ヶ月後、桃花《とうか》の盛りの頃に鏡華国《きょうかこく》の皇族を招き、花見会を催すことになった」

　後宮を抜け出した挙句、皇帝軍に連行されそうになったことを説教されると思いきや、雨蘭を連れて翡翠《ひすい》宮に戻った明は、開口一番にそう言った。

「お花見会！　とっても楽しそうですね！」

　怒られるのではないと分かって一安心した雨蘭は、香橙をつんでいる間に冷えてしまった手を火鉢で温めながら、無邪気に答える。

　雨蘭が後宮入りをしてから数ヶ月が過ぎ、奉江国は冬を迎えたところだ。

　冬の澄んだ空気や雪景色というのも捨てがたいが、田舎出身の雨蘭は、草木が芽吹く春のことを考えると無性にわくわくしてしまう。

「……そう言うと思った。確かに名目上は花見だが、実際のところ、お前が想像するような楽しい宴《うたげ》ではない」

火鉢を挟んで目の前に座る明は、面倒臭そうに溜め息をつく。

どうやら、お花見会というのは毎年恒例の宮中行事ではなく、恵徳帝《けいとくてい》の思いつきで急に決まった催しのようだ。

最近にしては珍しく明の機嫌が悪いので、部屋の隅に控える新米女官の雪玲《しゅうれい》はおろおろしていた。

隣の長椅子で傍聴していた梅花《めいふぁ》に「落ち着きなさい」と諭されている。

(明様……わざわざ仕事の愚痴を言いに来たのかな)

お花見会と聞いた時は楽しそうだと思ったが、その実態は明の言う通り、隣国をもてなすための堅苦しい催しなのだろう。

自国のことすら、ろくに知らなかった田舎娘の雨蘭だが、不覚にも皇太子妃になり、勉強したり、明の話を聞いたりしているうちに、奉汪国が平和でいられるのは、恵徳帝をはじめとした偉い人たちの外交努力のおかげであると知った。

夫を労《いた》わるのも妻の仕事だと思った雨蘭が「大変そうですね」と相槌を打つと、明は呆《あき》れ顔《がお》で答える。

「随分と他人事《ひとごと》だが、お前にも出席してもらう予定だ」

「えっ」

雨蘭は口をぽかんと開けて明を見つめる。

冗談だと言ってくれることを期待したが、明はつまらない冗談を言う男ではない。

「ほ、本気ですか？　私、田舎出身の元農民ですよ？」

「俺の嫁はお前しかいない。そして夫婦揃《そろ》って出席するように、というのがじじいの命だ。腹を括《くく》れ」

「えええっ‼」

雨蘭の叫び声が翡翠宮に響き渡った。後宮入りをしてしばらくのうちは、雨蘭が叫ぶたびに女官たちが顔を覗《のぞ》かせたが、今はもう慣れたもので誰一人やって来ない。

「梅花、三ヶ月後に恥をかくことがないよう、色々教えてやってくれ」

ついこの前まで「妃としてのあれこれは、ゆっくり覚えれば良い」と甘やかしてくれていた明が、手のひらを返して梅花に頼む。

「かしこまりました。これで心置きなく教育係としての務めを果たせます」

今頃、彼女は口元を隠す扇の下でにやりと笑っていることだろう。

（三ヶ月……梅花さんによる妃教育……）

皇帝廟《びょう》での最終試験前夜の梅花を思い出した雨蘭は、ぞっと体を震わせた。

ただでさえ、皇太子妃としての自覚を持つよう毎日怒られているというのに、これ以上厳しくされたらどうなってしまうか分からない。

「雨蘭、こっちへ来い」

明は用件を一通り話し終えると、まだ昼間だというのに雨蘭を寝所に連れ込んだ。

仮眠でもとるのかと思いきや、どうやら二人きりで話をしたかっただけらしい。寝台に座るわけでもなく、彼は立ったまま、雨蘭の髪を指で梳《す》く。

「できる限り自由にさせてやりたかったが悪い。じじいが反論を受け付けなくてな」

表情も言葉も、先ほどまでより随分と柔らかい。

(ああ、いつもの優しい明様だ)

ほっとしたのも束《つか》の間《ま》、雨蘭は今にも口づけをされそうな甘い雰囲気に、体を強張《こわば》らせる。仮にも夫婦だというのに、こうした空気には未だに慣れないのだった。

「今回声をかけた鏡華国の皇族というのがまた、礼儀に煩《うるさ》い男らしい」

「なるほど。陛下には何かお考えがあるに違いありません」

(本当に思いつきで、何もないかもしれないけど……)

就職先が見つからずに困っていた田舎娘を、皇太子である孫の花嫁探しに斡旋《あっせん》するような人だ。なんとなく面白そうだから、という理由であってもおかしくない。

茶目っ気たっぷりにお花見会を提案する陛下が脳裏に浮かぶ。

「あるとしたら、考えというより企《たくら》みだろうな。お前には苦労をかける」

明は申し訳なさそうに眉尻を下げた。大方、少しばかり強引に雨蘭を後宮に入れたことを、今更後ろめたく思っているのだろう。

「大丈夫です。そのうち覚えなければならないことなら、今頑張っておいた方が後々楽ですし！」

雨蘭は今、自分の意思でここにいる。

梅花の言う通り、皇太子妃としての自覚はまだ薄いが、この人の傍《そば》にいて、この人を支えるためにできることをしたいと思っている。

まだ面と向かってその気持ちは伝えられていないが——。

「頼もしい妃だ」

明は目を細めて笑い「お前ならできると信じている」と呟いた。

その一言で全身に力が漲《みなぎ》り、自分なら何でもできるのではないか、と思えてくるから不思議だ。

三ヶ月の間に立派な妃になってみせよう。そう決意を新たにした矢先、体がぶるりと震えて大きなくしゃみが飛び出した。

「はっくちゅん」

「そんな薄着で外を歩くから風邪を引くんだ」

明は上着を脱いで雨蘭にかけてくれる。

「これが風邪……」

田舎にいた時は厚手の羽織《はおり》を買う余裕がなく、雨蘭は真冬でも薄着だったが、どんなに凍えたとしても風邪を引いた記憶はない。

雨蘭はずずっと鼻水を啜《すす》り、嬉々《きき》として明に話しかける。

「馬鹿は風邪を引かないと言うので、もう馬鹿じゃなくなったってことですかね⁉」

「どう解釈したらそうなるんだ」

「冗談ですよ。でも昔より寒さに弱くなった気がします」

理由は明白だ。この国で一番贅沢《ぜいたく》と言っても過言ではない、後宮での生活に慣れてしまったからだろう。

住む場所一つとっても、隙間風の吹き荒れる貧相な小屋と、一流の職人によって建てられたであろう翡翠宮とでは、全く環境が異なる。更に、寒空の下での畑仕事もなければ、氷のように冷たい水で洗濯をする必要もない。

鈍った体を鍛えなければと思う雨蘭だったが、明は「その薄着で平然と外に出られるのなら十分だろう」と苦笑する。

「止めろとは言わないが、一人で抜け出すのはほどほどにしておけよ」

明は雨蘭の頭を優しくぽんと叩《たた》き、羽織を譲ったまま部屋を出て行った。

「相変わらず仲のよろしいことで」

貸してもらった羽織をすっぽり被《かぶ》り、遅れて寝所から出てきた雨蘭を見て、梅花はくすりと笑う。

長椅子に腰掛ける姿は、相変わらず天女のように美しい。身なりも、まさにここは後宮と感じさせられる華やかさで、彼女の周りだけ輝いて見える。

「梅花さんが想像するようなことは何もありませんよ」

「そう言うわりに顔が真っ赤じゃない」

「えっ⁉」

気を利かせた雪玲がさっと手鏡を差し出すと、そこには確かに、頬を染めた自身の顔が映っていた。

（本当だ。私ったらいつの間に……）

この顔をずっと明に見せていたのかと思うと、余計に頬が火照る。明といる時の自分は、いつもこんな顔をしているのだろうか。

「さて。皇太子殿下の許可もいただけたことだし、貴女《あなた》はこれからみっちり勉強ね。雪玲、田舎娘が逃げ出さないように見張ってなさい」

「はい！」

梅花の指示に、雪玲は元気よく返事をする。

雨蘭つきの女官のはずが、これではまるで梅花の召使いのようだ。

「あのー、一度調理場に戻りたいんですけど、明日からというわけには……」

許されるわけがないと思いつつ、雨蘭は恐る恐る聞いてみる。

梅花の答えは案の定、冷ややかだった。

「駄目に決まってるじゃない。どうしても戻るというなら、終わってからになさい」

(ですよね！)

梅花の本気の指導が、今日中に終わるわけがないと悟った雨蘭は、すぐ戻ると伝えてしまった調理場の人たちに心の内で謝罪する。

(明後日《あさって》の宴会支度も手伝うと言ってしまったのに、どうしよう……)

今の梅花の前では、後宮を抜け出すことはおろか、「やっぱり行けません」と知らせることすらできそうにない。

「雪玲、あれを」

梅花の指示に雪玲は頷《うなず》くと、どこからか、重たそうな木箱を一生懸命運んできた。

「梅花さん……これは……」

「私から貴女への贈り物よ」

「わ、わぁ。嬉《うれ》しいです」

目の前に置かれた木箱の中に、古いものから新しいものまで、巻子本《かんすぼん》や冊子がどっさり入っているのを見て、雨蘭は顔を引き攣《つ》らせて礼を言った。

＊

ただだだだ、という激しい音が、まだ人気の少ない調理場に響き渡っている。雨蘭が山盛りの野菜をひたすら刻んでいく音だ。

積まれた書物には眩暈《めまい》がしたのに、積まれた野菜を前にした時の、この高揚感は何だろう。無心で切り刻んでいく時間が楽しくて仕方ない。

（梁《りゃん》様、本当にありがとうございます!!）

雨蘭は優しく微笑《ほほえ》む美貌の青年を脳裏に思い浮かべ、彼に向かって手を合わせる。

梅花が、雨蘭の教育係として後宮に留まっているのには訳がある。

皇太子の命だから、友人の将来が心配だから――それだけではない。明との約束で、教育係を務める代わりに、宮中で梁と会うことを許可されているのだ。

しかし毒茶事件の後、仕事に復帰した梁は以前にも増して忙しくしているようで、同じ宮中にいながら、なかなか会えないのだと梅花は嘆いていた。

そこへ珍しく、梁の方から声がかかったとなれば、梅花のとる行動は一つである。

彼女は雨蘭に大量の課題を出し、突然の呼び出しに文句も言わず、むしろ「忙しい中逢瀬《おうせ》の時間を作ってくださるなんて」と嬉しそうに翡翠宮を出ていった。

梅花の監視がなければ、雨蘭が後宮を抜け出すことは容易である。

木に登って後宮を囲む壁を飛び越えれば、簡単に抜け出すことができる造りになっているのは明の優しさ故だろう。以前、礼を言った時には「抜け道にすることを想定した造りではない」と呆れられたが。

（今頃、雪玲は気づいて慌てているだろうけど、今日だけは！　仕込みが終わったらすぐ戻るから許して！）

この日はとても回りそうにない、と萌夏たちが嘆いていたので、手伝いを買って出た経緯がある。一度引き受けてしまった以上、約束は守りたい。

「アンタ、何かあった？」

声をかけられた雨蘭はびくりと体を震わせる。集中しすぎるあまり気づかなかったが、いつの間にか真横に萌夏が立っていた。

彼女は大きな片手鍋を軽々持ち、肉と野菜の炒《いた》め物を、調理用の杓子《しやくし》で掬《すく》ってもり食べている。恐らくいつもの『自己研鑽《けんさん》のために作った料理』だ。

食べることが一番の趣味だという萌夏はそう主張して、仕事の合間に自分のための食事を作っている。

宮廷の現料理長は自分の作る料理にしか興味がない——というこれまた癖の強い人なので、萌夏が好き勝手つまみ食いしていても、雨蘭が調理場に紛れ込んで下働きをしていても、何のお咎《とが》めもないのだ。

皇帝廟の調理場より厳しい環境を想像していた雨蘭は、拍子抜けしてしまったが、おかげで好きな時に忍び込めている。

「萌先輩、それが色々ありまして……これから忙しくなるので、しばらく調理場には来られないかもしれません」

お花見会のことを話して良いか分からず言葉を濁したが、雨蘭の事情をある程度知る萌夏には、なんとなく想像がつくのだろう。

「ふぅん。そりゃ大変だ。金持ち美男子との結婚も楽じゃないね」

はじめは夢のような話だと羨ましがっていた萌夏も、現実を知って考えを改めたようだ。憐《あわ》れむような目で雨蘭を見ている。

「一昨日も飛び出して行ったきり戻らないし、ウチはいきなり軍人に呼び出されるしで何事かと思ったよ」

「すみません」

「もう慣れたもんだけどね。次はどんなことで驚かされるのやら」

萌夏はにしし、と笑い、雨蘭もつられて顔を緩めた。

しばらく雑談をしていると、二人のもとに、白銀の髪を一つに括った青年がやって来る。人の面倒を全く見ようとしない料理長に代わり、この調理場を回している腕利きの料理人、光雲だ。

仕事の面でも将来有望。中性的な美しい顔立ちに、すらりと長い手足。物腰柔らかく優しい性格をしていることから、宮廷で働く女性たちの間で大人気なのだという。

どこからどう見ても、仕事とは関係ない雑談をしていたというのに、光雲は「邪魔してごめんね」と申し訳なさそうに謝ってから話し始める。

「萌夏。頼んでおいた下処理はどうなってる？」

「ちゃんとやって暗所で寝かしてあります」

「なら良いけど……。この前はそう言って忘れていたから心配で」

「二度も同じ失敗はしませんてば！」

萌夏はそう言ってわははと笑うが、廟にいた時も同じような失敗を繰り返しては、怒られているところを見かけたので信憑性《しんぴょう》性は低い。

光雲はそれ以上強く言えないようで、困ったように笑った後、雨蘭にも声をかけた。

「雨蘭、さっき珍しい食材が入ったんだ。後で調理の仕方を教えてあげる」

「良いんですか⁉　ありがとうございます‼」

各地を旅して料理の腕を磨いたという光雲は、食材や食文化への造詣が深い。それを雨蘭のような正規の料理人ではない者に対しても、惜しみなく教えてくれるのだ。

「じゃあ、仕事が落ち着いたらまた声をかけるよ」

「はい。下ごしらえは私にお任せください！」

雨蘭はここでは一応、『後宮の使用人で、自分の仕事が暇な時だけ調理場の手伝いをしに来る』という設定で通している。しかし、光雲をはじめ、誰にも怪しまれないことから、実は明が裏で手を回してくれているのかもしれない。

「最近やたら光雲さんと仲良くしてるけど、ほどほどにしないと、愛《いと》しのお方が怒るんじゃない？」

光雲が去った後、萌夏は笑い混じりに言う。

「その心配はないですよ。だって――」

うっかり言いかけて口を閉ざした。心配無用の理由は説明できるが、誰にも言えない。光雲との約束だ。

「いや、嫉妬してしまうかもしれませんね」

淡泊な明が嫉妬するとは思えなかったが、雨蘭は冗談めかしてそう言った。

「明様にまだ好きって言えてないんでしょ。例の作戦はどうなったのさ」

「それが……作った夜食を食べてもらった後に言おうと思ったんですけど、急に恥ずかしくなってしまって……」

雨蘭はがくりと項垂《うなだ》れる。

自分だけが明に「好きだ」と言ってもらっている状態は卑怯《ひきょう》だと思う。思うのだが、いざ明を前にすると以前にも増して緊張してしまい、告白するどころの騒ぎではない。

一緒に寝る時もいつも背を向けてしまっているし、手を重ねたり、抱き締めたり、口づけは求められればなんとか応じているが、自分から積極的に行くことなどできそうにもない。今度こそ心臓が爆発してしまう。

(こんなことになるなら、あの時言っておくんだった)

湖で明が告白してくれた時に、自分も好きだと返事をしていれば、今頃悩む必要はなかったはずだ。過去の自分を少しばかり恨めしく思う。

「そうだ、ウチに良い考えがあるよ」

「何ですか?」

「むふふ、試してからのお楽しみ!」

萌夏が帰りまでに準備しておくと言うので、雨蘭はどんな作戦なのか不思議に思いながらも、野菜の下ごしらえを再開した。

*

(あれっ、もう夜!?)

格子窓から覗く暗闇に気づいた雨蘭は、さっと青ざめる。

ただでさえ忙しいところに、体調を崩した料理人がいたらしい。次から次へと舞い込んでくる作業に夢中になっているうちに、とっぷり日が暮れていた。

梅花はとっくの昔に梁との逢瀬を終え、翡翠宮に戻っていることだろう。

（わー、早く戻らないと！）

慌てて調理器具の片付けを始めたところに、光雲が歩み寄ってきた。

彼の姿勢の良さや、品のある立ち振る舞いを見ていると、料理人というよりは剣術か何かを極めた達人のように感じる。そして本当に、見惚《みと》れるほどの美男子だ。

「雨蘭、今ちょっと良い？」

「ええっと……」

そういえば、珍しい食材が入ったので、後で見せてくれるという話だった。

（梅花さんに怒られるのはもう確定だし……少しくらい良いよね。勉強は明日二倍頑張ろう）

雨蘭は元気よく「はい！」と返事をし、光雲について調理場奥の食糧庫へ向かう。

「僕の蘊蓄を楽しそうに聴いてくれるのは、雨蘭だけだから嬉しいよ」

「そうなんですか？　とても勉強になるのに、皆さん損してますね」

「君は本当に面白い子だ」

「よく言われます」

光雲がくすりと笑い、手にしていた灯具を棚に置くと、広い食糧庫に所狭しと並んだ食材が照らし出された。

「まずはこれ。不思議な形をしているだろう？　これは西方でとれる香辛料で、肉を柔らかくする作用を持つ」

光雲は刺々《とげ》した茶色の実を渡してくれる。感触からして一度乾燥させてあるようだ。雨蘭はまず匂いを嗅いでみる。

「独特で食欲をそそる匂いですね」

「癖があるから、人によって好き嫌いが分かれると思うけどね」

（明様はこういうものも好きかもしれない）

どのような料理に取り入れれば良いのか、雨蘭は説明を真剣に聞き、時には質問をして確かめていく。

「次はこれ。これは覚えておいた方が良い」

「見た目は魚腥草《ぎょせいそう》によく似ていますが、匂いが少し違いますね」

光雲が差し出した籠の中には、萎《しお》れた葉が盛られていた。見た目は雨蘭のよく知る植物にそっくりだが、つんとした独特の臭いが漂ってくる。

「ああ、これは鏡華国の国境付近でとれる固有種なんだ。葉の裏を見ると色が少しくすんでいるだろう？　あちらでは塵芥草《じんかいぐさ》と呼ばれている」

「本当に僅かな違い……言われなければ気づきません」

「そうなんだ。この種は普通に食べれば問題ないんだけど、食べ合わせによっては猛毒になるから気を付ける必要がある。こっちの根菜も、熱処理が甘いと腹痛を起こすから気をつけて」

「光雲さんはすごいですね」

彼の口からは、次から次へと知識が飛び出してくる。

田舎育ちの雨蘭も、植物の知識には自信があったが、旅をしながら学んだという光雲には敵《かな》わない。

「そうかな。あまりすごいという自覚はないんだけど、ここでの仕事は楽しいよ」

「宮廷の調理場で働くために、男装してしまうくらいですからね」

雨蘭はふふっと笑う。彼——いや、本当は彼女である光雲も、つられて苦笑した。

「まさか調理場に女性の働き口があるとは思わなくてさ」

これは宮廷内で恐らく雨蘭だけが知っている秘密だ。

背格好、髪形、声、言葉遣い、振る舞いに至るまで、光雲の男装は自然で完璧で、誰もが男と思っていることだろう。雨蘭も女性と特徴づける月のものの匂いに気づくまでは、男と信じて疑わなかった。

田舎で生まれ育ったせいか、どうやら雨蘭は人より五感に優れているらしい。特に耳と鼻には自信がある。

「蓋を開けてみたら萌夏のような子もいるわけで、早とちりしたよ」

「気持ちは分かります。私も今度職探しをする時は男装してみますね」

以前、都で職探しをした時には良い働き口が見つからなかったが、男のふりをしていれば雇ってもらえていたかもしれない。

「……僕は元から男のふりをしていて慣れてるけど、何かと大変だし、お勧めはできないかな」

「元から？」

光雲は一度出した食材を片付けながら言う。

「ああ。ほら、女一人で旅をすると危ないだろう？　男の格好をしていた方が何かと都合が良いんだ」

雨蘭はなるほど確かに、と納得する。どうりで男装が馴染《なじ》んでいるわけだ。

「あの。私はそろそろ帰らないと……」

「そうか、引き留めてしまって悪かった」

本当はもっと話していたいが、皇帝軍により『勉強が嫌で逃げだした皇太子妃の大捜索』が行われでもしたら困る。

「これから忙しくなるので、しばらくここには来られなくなりそうです」

「それは構わないけど後宮の仕事は大丈夫？　嫌な思いはしてない？」

いつもは後宮の仕事について触れてこない光雲が、珍しく尋ねてくる。

萌夏にも、何かあったのかと指摘されてしまったので、憂鬱な気持ちが顔に出てしまっていたのだろう。

「はい。ちょっと大変ですけど、若い頃の苦労は買ってでもしろ！　と亡き父も言っていたので頑張ります」

「そう。何かあったら僕に教えて。助けられることはあまりないけど、話を聞くくらいならできるから」

「ありがとうございます！　でも大丈夫です！」

雨蘭は両の頬をぱんと叩いて気合を入れ、光雲に礼を言ってから、駆け足で調理場を後にした。

もしかしたら、光雲は雨蘭が何者であるのか、勘づいているかもしれない。

本来、皇太子や皇太子妃の顔を知るのは、側に仕える僅かな使用人だけらしいが、宮廷内には正体に気づいて見て見ぬふりをしてくれている者も多い、と明が言っていた。

「おーい、雨蘭！　ちょっと待って！」

かけ声とともに、どたどたという足音が近づいてくる。振り返ると、萌夏が手を振りながら走って来るのが見えた。

「萌先輩、どうかしましたか？」

何か忘れ物でもしたかと思ったが、息を乱し、喋《しゃべ》るのもままならない彼女から手渡されたのは、液体の入った竹筒だった。

時折料理に使う、強いお酒の匂いが鼻を刺激する。

「これは……？」

「さっき、良い考えがあるって言ったやつ。素直になれる薬だよ」

果たしてお酒にそのような効果があっただろうか、と雨蘭は首を捻《ひね》る。

確か祖父が生きていた頃、酒は万薬に等しいと言っていたような気もする。雨蘭は料理に使うものと認識していたが、色々な用途があるのかもしれない。

「もうさっさと好きって言っちゃいな！」

萌夏は豪快に笑いながら、雨蘭の背中をばしんと叩いた。

＊

「貴女はこんな時間まで、どこで油を売っていたのかしら？」

翡翠宮に戻った雨蘭は、鬼の形相をした梅花により、壁際に追い詰められていた。

（想像通りの展開……！）

雪玲によると、梅花は梁には会えたものの、仕事の話しかできなかったらしい。それも三ヶ月後に控えるお花見会の話だったとか。

「油を売っていたというより、油を使っていたというか……」

「一々口答えするのはやめなさい‼」

「すみません」

梁からも、困った皇太子妃をどうにかするよう頼まれたのかもしれない。

怒られるとは思っていたが、想像の十倍くらいぴりついた空気が流れている。

「貴女が頻繁に抜け出すせいで、この子だっていい迷惑をしてるのよ」

梅花は、扇の先を部屋の隅で小さくなっている雪玲に向けた。

「わ、私なら大丈夫です」

「この前、女官長に叱られていたじゃないの」

「それは私が未熟だからですよ」

雪玲は「違います」と言って手を振り、慌てた様子で否定するが、雨蘭は胸にぐさりと刃物を突き立てられた気持ちになる。

何故なら思い当たる節があった。

雨蘭が後宮入りをしてからしばらくの間、翡翠宮の切り盛りをしていた女官長、莉榮《りえい》の姿を最近あまり見かけないのだ。

雨蘭の世話は若い女官たちに任せ、彼女は後宮全体の管理業務に戻ったと聞いて納得していたが、もしかしたら違うのかもしれない。

(今使われている建物は多くないみたいだし、もしかして私がどうしようもなさすぎて、女官長に愛想を尽かされてしまった？)

一度思い至ると、そうではないかと思える事象が、これまでにもたくさんあったことに気づく。

まず、女官長と目が合わない。時折すれ違っても軽く会釈をされるだけで、どこか素っ気ないのだ。そして、古くから宮仕えをしている他の女性数名も、雨蘭のことを良く思っていないようで対応が冷たい。

実害はないので雨蘭は特に気にしていなかったが、雪玲はこれまで肩身の狭い思いをしていたのだろうか。

「私のせいで……ごめんね、雪玲」

「私が女官長に呼び出されていたのは個人的事情というか、私が新人だからというか、本当に雨蘭様のせいではないのでお気になさらないでください！」

雪玲は一生懸命否定を続けるが、雨蘭は自身の行いを省みて恥ずかしく思った。

時折後宮を抜け出して調理場へ赴くのは、明の夜食を作るため、いつも忙しそうな調理場を手伝うため、という雨蘭なりの目的や理由はあったが、それは本来皇太子妃のすることではない。

好きに過ごせば良いという皇帝陛下や、明の言葉に甘えて自由に振る舞ってきたが、それができるのは少なくとも、奉汪国の皇太子妃として周囲に認められてからだ。

後宮に入ってから早数ヶ月、これまでどうしてそのことに気づけなかったのだろう。

「梅花さん、私、三ヶ月間は料理を封印します！」

雨蘭はびしりと手を挙げ、大きな声で宣言した。

調理場には、しばらく行けなくなると伝えてきたので心残りはない。

「そんな、雨蘭様……」

雪玲はくりくりした大きな目を潤ませ、不安そうに雨蘭を見つめている。

雨蘭のことを田舎娘ではなく、皇太子妃として慕ってくれている優しい子だ。きっと自分を責めているのだろう。

「雪玲のおかげで、すごくやる気が出てきたよ！　ありがとう」

雨蘭はなんとなく腕まくりをして力こぶを作った。

その様子を見た梅花が、ふっと息を吹きだして「貴女がすべきは農作業でなく勉強なのだけど」と呆れたように言う。

「梅花さんも、叱ってくださりありがとうございます」

流石《さすが》は親友。彼女は雨蘭の焚《た》き付《つ》け方をよく分かっている。

「礼を言われるほどのことでもないわ。私は教育係として当然のことをしているまで」

「はい。これからもビシバシお願いします」

「ようやく本気になったようね。貴女はその気にさえなれば、きっと何でもできるわよ」

そう言って彼女は微笑んだ。

梅花が教育係としてついてきてくれて、本当に良かったと雨蘭は思う。

言葉にしたら、きっと照れ隠しで「勘違いしないで、貴女のためじゃないわ!」と言われてしまうだろうけど。

＊

外から微《かす》かに足音が聞こえてくる。

明がやって来たのだと察した雨蘭は、読んでいた巻子本を放って、寝所の扉まで迎えに出た。

「雨蘭、起きていたのか」

扉から顔を覗かせる雨蘭を見て、明は少し驚いた顔をする。彼が深夜にやって来る日は大抵、雨蘭は寝台でうとうとしてしまっているので、起きているとは思わなかったのだろう。

「今日は日中、勉強をさぼってしまったので……。明様も遅くまでお疲れ様です。お茶でも淹《い》れましょうか」

「いや、疲れたからもう寝る。お前も寝ろ」

明は付き人を追い払うようにして帰し、羽織を脱いで床に入る準備を進める。

雨蘭も急いで広げたままの巻子本を片付け、灯《あか》りの始末をしようとした。

(そういえばこれ、本当に効果があるのかな？)

灯具の隣に置いてあった竹筒に目が留まる。

しばらく悩んだが、折角萌夏が用意してくれた物なので、騙《だま》されたと思って試してみることにする。

調理の時に酒を舐《な》めたことはあっても、飲むのは初めてだ。

雨蘭は自らの許容量も知らず、竹筒の中身をごくごくと飲み始める。

(うっ。何これ、薬と言うだけあって不味《まず》い!!)

喉が焼けるようにかぁっと熱くなり、咽《む》せそうになる。雨蘭は顔を顰《しか》めながらもなんとか飲み干し、枕もとの火を消した。

あまりの不味さに涙目で寝台に上がった雨蘭だが、次第に全身が熱を持ち、頭の中身がぐらぐら揺れているように感じ始める。

「明さまぁ〜」

雨蘭は、先に横になっていた明の上にべしゃりと崩れ落ちた。起き上がろうと思っても体に力が入らない。

前にも明の前で倒れたことがあったなぁ、と雨蘭は働かない頭で考える。

明は「重い」と怒ったが、すぐにおかしいと気づいたようで、ぐでんぐでんになった雨蘭を抱えたまま体を起こした。

「何だ？　頭でも打ったか？」

「くらくらします。でもなんだかたのしいきぶん！」

雨蘭は天井に向かって元気よく両手を突き上げる。

何がどうしてこうなってしまったのか、全く分からない。

頭がぐるぐる、ふわふわして、面白いことがあるわけでもないのに笑いがこみあげてくる。眉をひそめた明を見て、雨蘭はけらけら笑い続けた。

「この匂い……お前、酒を飲んだな？」

「おさけ？　のみましたけど、それがどーかしましたか？」

「とりあえず水を飲め」

明は怒っているような、焦っているような雰囲気で、どこからか汲《く》んできた水を手渡す。このあたりから雨蘭の記憶は曖昧だ。

「いやれす、みずをのんだらいみがありません」

「何を言っているのか全く分からん。誰か呼んでくる」

「みんさま、まってくらさい」

雨蘭は袖を掴んで明をぐいっと引き留めた。

「仕方のないやつめ」

明は呆れた様子で雨蘭の隣に寝そべり、髪を撫《な》でてくれていたような気がする。口移しで水を飲まされたのは――きっと夢だろう。

結局、肝心の言葉は言えたのだろうか。言えていたとしても雨蘭は覚えていないので、作戦は失敗だ。

翌朝目覚めると頭が割れるように痛く、呆れ顔の明に「お前は二度と酒を飲むな」と言われてしまった。

二

「みんさまいかないで。だいすきです」

そう言って擦り寄ってくる、昨晩の雨蘭を思い出した明は、思わず頬を緩める。

勢いでなんとなく口にしていただけだろうが、雨蘭から初めて聞く甘い言葉だっただけに、あれは凄《すさ》まじい破壊力だった。

「しかし何でまた急に酒を……」

がらんとした執務室に独り言が響く。

明が少し目を離した隙に、調理場でもらったという酒を、自らの許容量も知らず一気飲みしたらしい。

べろんべろんに酔っていても雨蘭の馬鹿力は健在で、明が誰かを呼びに行こうとすると、力づくで引き留めてぐずるのだ。

その様子は少しばかり——いや、かなり可愛かったが、おかげで昨日は殆ど眠れなかった。酔っ払いに手を出すのは卑怯だろうと、一晩中耐えた自分を褒めてやりたい。

案の定、朝目覚めた雨蘭は酒を飲んだ後のことを覚えておらず、明の腕の中から叫んで飛び出していく始末だった。

(もしや、酒に頼らなければ、俺に触れたくもないということか?)

後宮入りして以来、雨蘭の方から触れてくることは滅多になくなったが、明のことを異性として意識してくれているのだろうと思い、さほど気にしていなかった。

(いや、あの時好きと言いかけていただろう)

湖のほとりで想《おも》いを告げた時のことを思い出す。仕事と思ってくれても構わないから後宮入りしてほしいと言った明に対し、雨蘭は「自分も好きだ」と言いかけていたように思う。

邪魔が入り、結局今に至るまで、はっきりとした返事は聞けずにいるが、素直で正直な雨蘭が好きでもない男と黙って寝所を共にし、触れ合いや口づけを受け入れるとは思えない。

（というのは俺の思い込みで、もしや全て、皇太子妃の仕事の一環だと思ってこなしているのか？）

あり得る。満面の笑みで「恋愛的な好き？　かどうかはまだよく分かりませんけど、後宮入りした以上は、妻としての務めを果たせるよう頑張ります！」と言う雨蘭を想像できてしまい、明は頭を掻《か》きむしる。

皇帝に早くひ孫の顔が見たいと言われ、何も分かっていない様子で「毎晩一緒に寝ているのですぐかもしれません」と答える女だ。

有無を言わさず後宮入りをさせてしまったことを反省し、夫婦になってからのことは、雨蘭に合わせてゆっくり進めれば良いと思っていた。だが、何ら進展していない今の状況に、危機感を持つべきなのかもしれない。

（閨《ねや》でのことを教えるよう、梅花に頼むのも躊躇《ためら》われるしな……）

次期皇帝は初心《うぶ》で意気地なしだと陰で笑われそうだ。

仕事の手を止め、悶々《もんもん》と考えていたところに咳払《せきばら》いが聞こえてくる。

はっと顔を上げると、いつからそこにいたのか、明の側仕《そばづか》えを務める壮年の男が執務机の前で跪《ひざまず》いていた。

「お取り込み中、失礼します。礼部よりこちらの書状を預かっております」

立場を弁《わきま》えた男は素知らぬふりをして用件を述べるが、恐らく明が雨蘭のことで一喜一憂している様子を見ていたに違いない。

明は動揺しながらも、すっと態度を改める。

「鏡華国からの返事か」

差し出された巻物の表を彩る麒麟《きりん》の紋は、鏡華国の象徴だ。

受け取り、読み始めて間もなく、明は溜め息をつく。

（やはり面倒なことになりそうだ）

花見会について承諾の旨が記されているものの、『鏡華国側が何故わざわざ格下の国へ赴かなければならないのだ』という本心が透けて見える回りくどさだ。

その後の『訪問の準備を進めるにあたり、花見会の目的を明確に教えてほしい』という一文も嫌味に違いない。

この国は規模も歴史も鏡華国に劣り、文化や思想の面で鏡華国に多大な影響を受けているため、先方は奉汪国を見下しているのだ。

「梁様をお呼びしますか？」

「いや、自分で持っていく。お前は中央の調理場に勤める、萌夏という女を連れてこい」

「……かしこまりました」

側仕えは何か言いたげな顔をしていたが、明に進言するほどの勇気はないのだろう。静かに一礼をしてから出ていった。


「返事の素案を頼みたい」

明は早速、隣部屋にいる梁のもとを訪ね、書類の山の上に例の書簡を置いた。集中している時は声をかけても気づかない男だが、きりが良かったのか、すぐに筆を置いて中身を確認してくれる。

「これは面白いね」

読みながら溜め息をついた明とは違い、梁はあっという間に読み終え、爽やかな笑顔を見せた。

「どこが。ただの嫌味だろ」

「そうだけど、たぶん皇子の発言を、代筆者がどうにか丸くしようとしたんだろう。紫《し》炎《えん》皇子はもっと直情的な人物のはずだから。その痕跡が見えて面白い」

話を聞いても、梁の感じた面白さというのはよく分からないので、それ以上追及するのは止め、鏡華国にまつわる記憶を遡る。

明は幼い頃に一度、恵徳帝について鏡華国を訪れたことがあった。楽しい旅行だと騙され連れていかれたので、皇族として品行方正に振る舞うよう求められた時には、ひどく落胆したことを覚えている。

「第二皇子のことは記憶にないな。好戦的で残忍な性格と聞くが」

あの時挨拶したのは、確か第一皇子の方だったと思う。明より少し年上で、真面目そうな雰囲気の男だった。

「紫炎皇子が公の場に出てくるようになったのは、最近のことだからね。近頃は鏡華国の中でも、手の付けられない存在になりつつあるらしいよ」

「そういえば、西への進軍の裏には第二皇子がいるという噂があったな」

近年、鏡華国と奉江国は、両国の西方に位置する未統治の地域を巡って度々衝突している。そのきっかけを作るのは決まって鏡華国だ。

鏡華国軍の挑発するような動きの裏に、噂通り第二皇子がいるのだとしたら——。

(あのじじい、俺を試そうとしているな)

恵徳帝に花見会の目的を聞いても話をはぐらかされるが、明はなんとなく察するところがあった。

さっさと譲位したいと漏らすわりに、未だ皇帝の椅子に座り続けているのは、孫が国の長に相応《ふさわ》しい人物かを測りかねているからだろう。

今後、外交において悩みの種となりそうな鏡華国の第二皇子と引き合わせ、上手《うま》くやり込めるかを見ようとしているに違いない。

「これについては礼部の人間と、何かしら当たり障りのない返事を考えておくよ」

「悪いな」

毒茶事件以来、梁にものを頼むのはなんとなく気が引けるが、諸外国とのやりとりには補佐役である梁と、外交を担う礼部を挟む決まりとなっている。

「いっそ雨蘭にでも頼んでみる？」

明の複雑な心境を察してか、梁は冗談ぽく笑って言う。

雨蘭が一生懸命返事を書くところを想像した明も、つられて笑ってしまった。

「それは良い考えかもしれない」

彼女はきっと、相手の嫌味に全く気づかず、喜びとお礼を書き連ねるのだろう。

あれは一種の才能であり、彼女の強さそのものだ。初めはなんて女だと驚き呆れていたが、一度認めてしまえば尊敬の念すら抱く。

「また眠れてない？」

梁が突然話を変えたので、一瞬何を言われたのか分からなかった。明は頭の中で言葉を反芻《はんすう》してから答えを返す。

「いや、お前よりは寝ているが急にどうした」

「最近ましだったのに隈《くま》が酷《ひど》いから」

梁は自身の目の下をとんとん叩いて指し示す。

「ああ。昨晩は眠れなかっただけだ」

「もしかして雨蘭と何か進展があったとか」

「それはない」

明は即座に、力強く否定する。進展がないことは事実だが、それ以上に、幼馴染《おさななじみ》と色恋話をするのはどこか恥ずかしかった。

「でも毎晩一緒に過ごしているんだよね？　宮中はその噂でもちきりだよ」

「想像してみろ。相手はあの何も知らない田舎娘だぞ」

「……うん。折角後宮に迎え入れたのに、明もなかなか大変だね」

想像がついたのか、梁は憐れみの目をこちらに向ける。

「お前もいい加減どうにかしろよ」

梁は困ったような表情で「そうだね」と返した。果たして言葉の真意は伝わっているのだろうか。

仕事はできるが、恋愛には興味関心のない男だ。これはこれで大変だろうと梅花に少し同情する。

「そういえば例の噂話《うわさばなし》だけど──。明、後ろ」

途中で話を止めた梁は、明の背後に視線を向けていた。振り返ると、先ほど使いに出した側仕えが壁際にひっそり佇んでいる。

「今行く。謁見の準備をしろ」

「何かあったの？」

ただ事ではなさそうな雰囲気に梁は目を丸くする。

「些細《ささい》なことだ。気にしなくて良い」

梁が知ったら失笑するだろう。しかし、どのような経緯で雨蘭に酒が渡ったのかは、明にとっては早急に確かめておかなければならないことだった。

＊

執務室と同じ建屋に設けられた謁見の間は、皇族が一般人と話す時に使われる場所だ。

謁見の間と外を隔てる巨大な横扉を開くと、特殊な御簾《みす》により、中にいる明の顔は隠されるが、明からは外にいる相手が見える仕組みになっている。

明はどかりと椅子に座り、深く息を吸い込んでから、御簾の向こうに跪く、ふくよかな娘に話しかけた。

「俺が誰だかは分かるな？」

萌夏という料理人見習いの話は雨蘭からよく聞いており、彼女を廟の調理場から宮廷の調理場に移すよう指示を出したのも明だが、こうして直接言葉を交わすのは初めてのことだ。

「えーっと、たぶん明様ですよね？」

雨蘭と仲良くしているだけあって、彼女もなかなか肝の据わった人間らしい。身分など気にも留《と》めない、のんびりとした口調で話しかけてくる。

以前の明なら、不敬な物言いに苛立《いらだ》っていたかもしれないが、雨蘭のおかげでこうした会話には慣れたものだ。

特に咎めるつもりもなく返事をしようとしたところ、御簾の向こうで立ち会いをしていた武官が彼女を怒鳴りつけた。

「お前、殿下に向かって何という口のきき方だ！」

「あっ、ウチったら友人と話す時の癖で！　明様すみません」

「だから、そのように軽々しく御名前を口にするなと言っている！　殿下、大変申し訳ありません。この者は後ほど厳しく叱ります故、どうか無礼をお赦しください」

武官はさっと地面に跪いて明に詫びる。

相手にするのも面倒だったので、明は男を無視して萌夏に話しかけた。

「話し方はどうでも良い。それより雨蘭に酒を渡したのはお前か」

「はい。そうですけど……何か問題ありました？」

ようやく呼び出された理由を悟ったのか、彼女は恐る恐る顔を上げる。御簾の向こうにいる、明の顔色を窺《うかが》おうとしているような素振りだ。

まるで面と向かって話しているようだと思いながら、明は一番聞きたかったことを口にする。

「何故そのような真似をした」

「……」

彼女は視線を左右に動かしたと思ったら、そのまま黙り込んでしまう。

明は「さっさと答えないか！」と怒る武官を逆に窘《たしな》め、彼女が答えを出すのを待った。

「確かにお酒を勧めたのはウチですけど、悪気はなかったんです。渡した経緯は……たとえ罰せられようとも、雨蘭が言わなかったのなら言えません」

思いもしなかった答えに、明は数度瞬きをしてから、口もとを綻ばせる。

（良い友人を持ったじゃないか。いや、あいつの傍にいられるのは善人か、よほどの悪人のどちらかか）

中途半端な悪意や嫌悪は雨蘭には効かないどころか、あっという間に浄化されてしまうのだ。

「雨蘭が、調理場で不当な扱いを受けているわけではないのだな？」

「はい。皆と仲良くやってますよ」

「そうか、それなら話さなくて良い。罰するつもりもない」

武官は何か言いたげな顔をしていたが、明は話を切り上げてしまった。

知りたいのなら、雨蘭に直接問いただすのが筋だろう。こうして彼女に近しい人間を呼び出して、探りを入れている自分が情けなく思えてくる。

「あのー、こっちから聞いても良いのか分かりませんが、雨蘭は大丈夫ですか？」

萌夏は、武官の様子をちらちら窺いながら明に尋ねる。

「ああ。盛大に酔っ払っただけだ」

「えーっ、酒樽《さかだる》一杯飲んでも死ななそうなあの子が⁉」

その一言に明は堪えきれず、つい噴き出してしまった。後方に控える側近はきっと渋い顔をしているだろうが、これればかりは仕方ない。

「確かに、そうだな。まさかああなるとは俺も驚いた」

「ですよね。この前なんて、蛇に嚙《か》まれても、毒蛇じゃないからって平然としていてびっくりしましたよー」

「そんな話は聞いてないが」

朗らかな気持ちが一瞬で消え、明は真顔に戻る。

（蛇に噛まれた？　笑い事じゃない）

雨蘭は宮廷内の植物や、身の回りの出来事は嬉々として語るにも拘わらず、自分の身に起きたこと――特に良からぬことについてはあまり話さない。

本人は何とも思っていないのだろうが、皇太子妃となった以上は、もう少し自分を大切にしてほしいものだ。

雨蘭の強さには確かに救われているし、彼女らしく自由にしていてほしいと思うのに、近頃はこうしてやきもきすることも多い。

「ウチったら余計なことを言っちゃいました……？」

「いや、今度から何かあったら逐一報告を上げろ。男とは何もないな？」

「はい。あ、でも一人仲良くしてる男の料理人がいます」

明はぴくりと眉を吊《つ》り上《あ》げる。

「その話も聞いてない」

「あちゃー、ウチったらまた余計なことを……」

萌夏は口に手を当て「しまった」という表情をするが、いちいち反応が大きく、どうも深刻さが感じられない。わざと失言を重ねているのではないかとすら思えてくる。

「その男の名は何という」

「光雲という人です。優しくてかっこいい期待の若手料理人なんですけど、雨蘭とは師弟関係というか、そんな感じです」

明は言葉から男の風貌を想像し、無性に腹が立った。

（優しくてかっこいい期待の料理人？　雨蘭のことだ。「すごいです～！　私に料理を教えてください！」とか無邪気に目を輝かせて言ってるんだろう。気があると思われたらどうするんだ）

雨蘭の作る夜食をいつも楽しみにしていたが、あれも光雲とかいう男から教わったものだったのだろうか。そういえば、先日、粥《かゆ》に載った揚げ玉葱《たまねぎ》の食感を褒めた時に、教えてもらった食べ方だと言っていた気がする。

考えれば考えるほど苛立ち、明は指先でとんとん肘掛けを叩く。

「今日はもういい。皆持ち場に戻れ」

明は萌夏を帰すと、側仕えに新たな命を出す。

「光雲という男の素性を調べておけ」

雨蘭のことになると、どうして理性的でいられなくなるのか。

これまで人への関心が薄く、執着をしてこなかった明は、まだその理由をよく分かっていないのだった。

＊＊

「はっくしゅん！」

心を入れ替え、朝から机に向かっていた雨蘭は、盛大なくしゃみをしてずずっと鼻を啜った。

（やっぱり風邪を引いたのかな。それとも何か噂されてる？）

そんなことを思いながら、雨蘭は再び目の前の巻子本に集中する。

みみずのようだと思っていた文字は、殆ど読めるようになった。古い時代の書物は難しいが、意味の分からないところや要点は、梅花に聞けば分かりやすく解説してくれるので問題ない。

雨蘭は一度始めるとのめり込む性格をしているようで、憂鬱だった妃教育もそれなりに楽しめそうだ。

「今日はそこまでにしましょうか」

「え？」

梅花の言葉に雨蘭は目を丸くする。時間を忘れて勉強に没頭していたのかと思いきや、窓の外を見ても時刻はまだ日没前だ。

こんなにも早く、勉強から解放されると思っていなかった雨蘭は、思わず首を捻る。

「私も鬼ではないのよ。明日が試験日というわけでもないし、夜更けまで貴女に付き合っていたら私までくたびれてしまうもの」

よほど疲れたのか、梅花にしては珍しく、手を組んでぐっと体を伸ばした。

「雪玲、何かあるのでしょう？」

「は、はい！」

梅花が尋ねると、部屋の隅でおろおろしていた雪玲が、緊張した様子で話し始める。

「雨蘭様、今日は皇太子殿下が早い時間に御渡りになるそうです。床入りの準備を済ませておくようにとの連絡が」

（珍しい。仕事が早く終わったのかな）

床入りの準備をしろということは、そのまま寝るつもりなのだろう。日中にふらりと立ち寄ることなら、これまでも度々あったが、夕刻のうちに渡ってくるのは初めてだ。

「良かったわね」

嫌味というより、自嘲するように梅花は言った。いつもの凜《りん》とした表情に陰りが見え、何か言葉をかけなければという気持ちになる。

「梁様と何かあったんですか？」

「悲しいくらい何もないわよ。正直どうしたら良いのか分からない」

どうやら梅花は、梁との関係に進展がなく焦っているようだ。

先月は、雨蘭指導のもと特訓した末、手料理を渡すことに成功したが、あまり効果はなかったらしい。

自身の恋愛に関心の薄そうな梁のことだから、梅花の好意に気づいていないだけではないかと雨蘭は思う。

「一度、率直に想いを告げてみてはどうですか？」

「それができたら苦労しないわよ。嫁入りしておきながら、殿下に好きだと言えずにいるのはどこのどなただったかしら」

「……仰《おっしゃ》る通りでございます」

思わぬ返しに雨蘭は机にばたりと倒れ込む。昨晩も丁度失敗したところだ。ぐうの音も出ない。

(それより今は勉強に集中しないと)

雨蘭は山積みの教材を見て、自分に言い聞かせる。

お花見会が終わるまで、明への告白作戦は一時中断だ。

「怖いの」

「え？」

梅花は目を伏せ、小さな声で呟いた。雨蘭の聞き間違いかと思ったが、彼女はそのまま弱気な言葉を吐き続ける。

「望みはないと突きつけられるくらいなら、叶《かな》わなくてもずっと夢を見ていたい」

「梅花さんが振られるなんて。そんなことは……。ないとは言えないですけど……」

断言することはできなかった。元から仕事人間であり、毒茶事件の贖《しょく》罪《ざい》に生きる梁のことだ。考えれば考えるほど「今は仕事のことしか考えられない」「僕は君に相応しくない」などと言って、やんわり断りそうな気がしてくる。

（うーん。梁様も、梅花さんのことは好ましく思ってるはずなんだけど、どうしたら上手く行くんだろう？）

雨蘭も元は色恋に興味がなく、どちらかというと、一日中働いていないと落ち着かない人間だった。それなのに、明の告白を受け入れたのは何故だったたか。

（強引さだ！　間違いなく強引さと、それを可能にする権力だ！）

雨蘭は雷に打たれたような衝撃を受ける。

「押して、押して、更に周りを固めて押しまくった後に、少し引いてみるのが良いかもしれません」

「妙に説得力があるわね……」

「経験談ですから」

雨蘭は胸を張って答えるが、梅花はよほど気に病んでいるらしく、反応が薄かった。

暗い雰囲気を変えたいと、雨蘭は明るく話を振ってみる。

「そういえば、梁様との出会いの話を聞きたいです！」

「別に面白くも何ともないわよ」

梅花はそう言いつつも、雪玲に手伝われて床入りの準備をする間、『父親の忘れ物を宮廷に届けに行き、迷子になったところを梁に助けてもらった』という話を聞かせてくれたのだった。

＊

（明様、遅いなぁ）

雨蘭の就寝準備は万全なのだが、どういうわけか、いつまで経《た》っても使いを出した本人が現れない。

寝るまでに読み進めようと、寝室に持ち込んだ書物を最後まで読み終えてしまった。

「雨蘭様、どうされました？」

音を立てないよう、そっと寝台を下りたつもりだが、椅子でうとうとしていた雪玲はぱっと飛び起きる。

「もう読み終わっちゃったから、次の巻を持ってこようと思って」

「えっ、もうですか!?　私がとってくるので少々お待ちください!!」

慌ただしく出ていった雪玲だったが、しばらくすると手ぶらで戻り、躊躇いがちに尋ねてくる。

「す、すみません……何という題名の何巻でしたっけ……」

「奉江国領土調査書の三巻があるはず」

しっかり者なのに時折抜けている、可愛らしい女官に向かって雨蘭は微笑んだ。

雪玲は再び部屋を出ると、今度は目当ての巻子本を持って戻って来る。

「本当に、そそっかしくて申し訳ありません。こんなんだから雨蘭様に頼りにされず、莉榮様にもしっかりしなさいと言われるんです」

「えっ、頼りにしてるよ！　雪玲は若いのに、私よりここのことをよく知ってるし」

「先ほどだってそうです。先回りして準備しておくべきでした」

ぺこぺこと頭を下げる雪玲を見て、雨蘭は言葉を失う。

皇太子妃としての自覚が足りないと、梅花に散々怒られているが、雪玲に『主人に頼られない駄目な女官』と感じさせてしまっているのも、雨蘭の皇太子妃らしくない振る舞いのせいだろう。

(そうか……。自分でできるからって、何でもやってしまうのは違うんだ)

梅花を見ていれば正解が分かる。彼女はいざとなれば、化粧も着替えも一人でこなすが、周りに世話をする者がいたら全て任せてしまう。

「ごめんね、雪玲。これまで、自分のことは自分でするのが当たり前の生活をしていたから、雪玲がそんなふうに思っていることに気づかなかった」

「いえ、そんな、とんでもない！」

「これからはもっと色々お願いするね」

そう言うと、雪玲はぱぁっと顔を輝かせる。

元庶民が人にあれこれ指示を出すのは申し訳ない気もするが、それで雪玲が喜んでくれるなら雨蘭も嬉しい。女官長も次はきっと彼女を褒めるだろう。

「ところで、女官長ってもしかすると、私に呆れて翡翠宮を出て行った？」

「いえ、そんなはずは……。雨蘭様のことは、なかなか根性が据わっているようだから心配ないでしょう、と言っていました」

「それなら良かった。私とはあまり話したくなさそうだったから、嫌われているのかなと思って」

何があっても表情一つ変えず、淡々と振る舞う女官長の姿を思い浮かべる。

「たぶん、戸惑っているだけではないかと。莉榮様は長いこと、橙妃《とうひ》様にお仕えしていたんです」

「橙妃様……というのは琥珀宮にいた、明様のお母様？」

恵徳帝が後宮を解体した後も、明の父親――当時の皇太子には、複数の女性がいたらしい。翡翠宮の西側に位置する琥珀宮は、数いる妃のうち、明の母親が正妃として暮らした場所のはずだ。

「はい。だから、橙妃様とは出自も、性格も、全く異なる雨蘭様と、どう接して良いのか分からないのだと思います」

「きっと、高貴で美しいお方だったのね」

「ここだけの話、体が弱く、気難しくて大変だったみたいです」

誰が聞いているわけでもないのに、雪玲は声を落として言う。

(そういえば、明様から両親の話を聞いたことがないな)

それどころか、かつて廟で交わした会話から察するに、明は両親のことを良く思っていないようだ。

理由を聞いてみたいが、聞いても良いのだろうか。

「あ……」

足音を聞いた雨蘭はぱっと顔を上げる。まだ遠いが間違いない、明のものだ。

「どうされました?」

「雪玲、折角持ってきてもらったところ悪いけど、今日はもう寝ようと思う。枕もとの灯りだけ残して下がっていいよ」

いつもはこうして寝るふりをして、一人になってからもしばらく起きているが、今日はここまでのようだ。

何事かと目を丸くする雪玲に、もうすぐ明が来ることを教えてやる。

半信半疑のようだったが、雪玲が火の始末をして部屋を出ようとしたところ、明は丁度姿を現した。

思いがけず明と対面してしまった雪玲は、びくっと体を震わせた後、「失礼しました！」と叫び、戸口に肩をぶつけながら去っていった。

「悪い。急ぎの案件が入って結局遅くなった」

「大丈夫ですよ。おかげで勉強が捗《はかど》りました」

いつもより明の息が荒いのは、急いで来てくれたからだろう。廟にいた時にも、こんなことがあったなと雨蘭は微笑む。

「体調はもう良いのか」

「はい。すっかり元気です」

朝目覚めた時は酷い頭痛がしたが、念のためにと呼ばれた宮廷医が到着する頃には、嘘《うそ》のように痛みが消えていた。遅れて朝食をとる雨蘭を見た医者の、不可解そうな顔といったら。わざわざ出向いてもらったのに申し訳ない。

「明様？」

明は飲酒のことをよほど怒っているのか、眉間に皺《しわ》を寄せると、雨蘭の右腕を掴んで袖をまくる。

「この傷跡は何だ」

「蛇に噛まれた跡です。もう冬眠しているだろうと油断していたところ、がぶりとやられてしまいました」

毒蛇ではなく痛みも残らなかったので、噛まれた本人はすっかり忘れていた。

（どこで知ったんだろう？　梅花さんかな？）

怒られていると察した雨蘭は、場を和まそうとへへへと笑うが、逆効果だったようで明の表情は一層険しくなる。

「そういうことは逐一報告しろ」

「すみません……。お妃さまが傷だらけでは駄目ですよね。自分の立場をもっと考えるべきでした」

これも、皇太子妃としての自覚不足が原因だと反省するが、明は小さく溜め息をつき、薄墨色の目で雨蘭を真っ直《ま》ぐ《す》見つめる。

「違う。立場など関係なく、ただお前のことが心配なんだ」

明の言葉に雨蘭は大きく目を見開く。

（ああ。この人は本当に、私のことを大切に想ってくれているんだな）

言葉だけでなく、雨蘭に対する表情、行動、一つ一つがそうであると伝えてくれる。

「ありがとうございます、嬉しいです。これからは気をつけます」

感極まった雨蘭は、珍しく自分から明に抱きついた。

明も雨蘭の背に手を回し、肩口に顔を埋めたと思ったら、そのままじっと動かない。

飲酒のことはお咎めなしかとほっとしていたが、明は急に体を離して切り出した。

「それで、昨日は何故急に酒を飲んだ？」

ぎくり。ここで聞かれると思っていなかった雨蘭は、言葉を詰まらせる。

「それは……その……」

「何かやましいことでもあるのか？」

「そんなことはありません！」

「なら何だ」

本当は正直に話した方が良いのだろうが、妃として未熟な今の自分には、想いを伝える資格がないように感じる。

明の隣に立つのに、相応しい人物になれたと自信が持ててから、今度こそ、自分の力で好きだと言いたい。

「もう少し待ってください。三ヶ月後のお花見会を、無事にやり遂げてから伝えたいんです」

雨蘭は真剣な表情で、明の目をしっかり見て告げた。

「……もう良い。無理やり聞くのも違う気がするしな」

明はふいっと顔を逸《そ》らして離れていく。

頑《かたく》なに話そうとしない雨蘭に、気を悪くしたのだろうか。

「明様……。すみません」

「別に。謝ることでもないだろ」

寝台に横たわった明は、雨蘭に背を向けてしまう。

こんなことは初めてだ。どうすれば良いのか分からず困惑し、雨蘭は寝台の縁に座って様子を窺った。

「でも、怒っていますよね」

「怒ってはいない。もやっとするだけだ」

言葉の節々に棘《とげ》がある。怒っていないというのなら、一体どういう状況なのだろう。

明に嫌な思いをさせてしまうくらいなら、いっそここでお酒を飲んだ理由を伝えて、笑い話にしてしまった方が良いのかもしれない。

「あの……。明様、先ほどの件ですが……」

こっちを向いて話を聞いてもらいたい。そう思って肩を叩くと、彼は虫を追い払う時のように手で払った。

本当に怒らせてしまったのだと理解した瞬間、全身から血の気が引き、視界が霞《かす》む。

「……ごめんなさい」

雨蘭はどうにか声を絞り出し、涙交じりに謝罪した。

少し前まで幸せな気持ちだったのに、明に拒絶されるだけでこうも傷つくとは。抉《えぐ》られたように胸が痛む。雨蘭は自身の感情を上手く制御できないことに驚き、余計に戸惑ってしまう。

「だから謝らなくても良いと――」

寝返りを打った明は、様子のおかしい雨蘭を見て、ぎょっと目を見開いた。

「すまない、違うんだ。これは雨蘭のせいではなく、全て俺の問題だ。今無理に話をする必要はない」

明は上体を起こし、背中をぽんぽん叩いてくれる。そのうち胸の痛みは和らぎ、雨蘭は落ち着きを取り戻していった。

(俺の問題……というのはどういうことだろう。仕事の疲れが溜まっているのかな。そうだとしたら尚更《なおさら》、私が気遣うべきだった……)

明の目元が黒ずんでいるのを見つけて、雨蘭は指の腹でそっとなぞるように触れる。

「お仕事、無理していませんか？」

「これは昨晩眠れなかっただけだ。誰かさんのせいでな」

けんのある言い方ではなく、冗談ぽくて優しい。いつもの明だ。

「それは……大変失礼しました……。今日はゆっくりお休みください」

まさか自分のせいで疲れているとは。駄目な妃にもほどがあると、雨蘭は落胆する。

「そのつもりだ」

明はふっと微笑んでから、豪快な欠伸をした。

睡眠の邪魔をしないよう寝台から下りた雨蘭だが、明は隣の空間を軽く叩いて呼び戻す。

「私、床で寝ますよ？」

「……嫌でないなら、隣で寝てくれ」

明がそう言うので、雨蘭は大人しく彼の腕に収まった。

「私と一緒で眠れますか？」

「お前といた方が不思議とよく眠れる」

故郷の家族からは、一度寝たら朝まで起きないうえに寝相が悪い、と苦情を受けることが多かったので、よく眠れると言われたのは意外だ。

「こちらを向け」

「……」

黙って寝返りを打った雨蘭の唇に、温かいものが触れる。

「これも嫌ではないな？」

「恥ずかしいだけです」

一々、嫌かどうかを尋ねるなんて、今日の彼はどこかおかしい。もしかしたら、このまま先に進むつもりかとドキドキしたが、そういうわけでもなさそうだ。

「おやすみ」

「おやすみなさい」

明が寝息を立て始めたのを聞いて、雨蘭はようやく体の力を抜く。

後宮入りをした時に女官長から教わったので、夫婦の営みがこれだけで済まないことを、本当は知っている。

その時が来たら相手に身を任せなさいと言われているが、明は手加減してくれているのか、雨蘭にそうした興味が湧かないのか、その時は一向にやって来ない。

実のところ、明はどう思っているのだろう。あれこれ考えているうちに、雨蘭はいつの間にか深い眠りに落ちていた。

第二章　琥珀宮の女幽霊は

一

お花見会に向けた準備を始めてからひと月が過ぎ、奉江国は冬本番を迎えていた。

水が氷に変わるような寒い日であっても、雨蘭の朝は早い。

畑を耕して暮らしていた時の名残なのか、日が昇り始める前の、まだ暗い時間に目が覚める。

（明様は……いないんだった）

朝起きて、明の寝顔を眺めるのが最近の日課だったが、隣には寝台を覆う白い布が広がるばかりだ。

詳しいことは教えられていないが、明は水害多発地域の視察で、しばらく宮中を留守にするようだ。急に決まったことらしく、雨蘭は昨日の昼間に、明の使いが持ってきた文によってそのことを知った。

見送りどころか挨拶すらできないまま、明は昨日のうちに出発してしまったらしい。

いつもは明が起きるまで隣に寝転んでいる雨蘭だったが、一人で寝ても寂しさを感じるだけだ。灯りがなければ文字も読めない時間なので、なんとなく建屋の外に出る。

「たまには一人の朝も悪くないか」

空にはまだ星が輝いている。天を向いた雨蘭が息をするたび、白いもやが視界を覆って消えていった。

しばらく冬空に目を奪われていた雨蘭は、ふと翡翠宮の敷地内《しきち》に、人の気配があることに気づく。

（こんな時間に一体誰だろう？）

微かな物音と、お香の匂いを頼りに庭を歩くと、大木の前に人の姿を見つける。暗がりで誰か分からないが、どうやら樹木を見上げているようだ。

「あのぉ……」

「その声、雨蘭か」

雨蘭も声を聞いて誰かを察する。

「おじいちゃん！　じゃなかった、陛下！　どうしてここに？」

雨蘭は辺りをきょろきょろ見回すが、付き人の姿はない。どうやらまた、一人で宮中を徘徊《はいかい》しているようだ。

「歳をとると嫌でも早起きになる。久しぶりに翡翠宮の様子でも見に来ようと思ってな」

陛下は長い顎髭《あごひげ》をいじりながら呑気《のんき》に答えるが、今の様子を目の当たりにしたら、龍偉《りゅうい》という付き人は、きっとまた溜め息をつくだろう。

「このことは内緒だぞ。皇太子のいない隙に、私がお嬢さんのもとを訪れたと知れたら騒ぎになりかねん」

「はい。心得ています」

翡翠宮はかつて陛下が愛する皇后——翠妃のために建てた場所だ。昔懐かしく思い出の場所を訪れただけなのだろうが、噂好きの使用人たちは都合よく解釈し、面白い物語を作りたがる。

翡翠宮の新しい妃は、皇帝と皇太子のどちらも手玉に取る稀代《きたい》の悪女、という噂が広まったら雨蘭も困る。

「陛下はこの木に、何か特別な思い出があるんですか？」

雨蘭は陛下が見上げていた樹木のことを聞いてみた。翡翠宮の敷地内にあるが、がっしりとした幹からは、この木が少なくとも百年前からここにあることが分かる。

「この木は特別な力を持っているらしくてな。翠妃はよく世話をしていた」

世話というのは水をやったり、肥料を撒《ま》いたりではなく、供物や祈りをささげるということだろう。

木の根元に石でできた供物台があり、そこに陛下が持ってきたと思われる、柑橘《かんきつ》の実が数個置かれている。

「そうだったんですね。これからは私にお任せください！　毎日お参りします」

陛下は数度瞬《まばた》いた後、「そうしてくれると嬉しい」と微笑んだ。

「明とはどうだ？」

「明様にはとても優しくしていただいて、おかげでなんとかやっていけています」

「そうかそうか、それは良かった。これでこの国の未来も安泰だ」

翡翠宮の門まで送ってほしいと頼まれたので、雨蘭は陛下の手をとり、支えるようにしてゆっくり歩く。

もこもこの毛皮を着ているが、陛下の手は氷のように冷たい。初めて出会った時よりも足元がおぼつかない気がして、雨蘭は一抹の不安を覚える。

「お花見会、楽しみですね。桃の花というと、陛下と食べた桃饅頭《まんじゆう》を思い出します。また食べに行きましょう」

「そうだなぁ」

返事は曖昧だった。もしかしたら、次の春を迎えられないとでも思っているのかもしれない。陛下から香る煙の匂いも、お香というより薬臭さがあって、余計に悪い予感が頭をよぎる。

「ここまでで良い。お嬢さんは部屋に戻りなさい」

「ですが……」

「大丈夫。すぐに誰かが探しにくるだろうよ」

陛下を一人にするのは憚《はばか》られたが、こちらに向かってくる誰かの足音に気づいた雨蘭は、頭を深く下げてから部屋へと戻った。

*

「えーっと？」

日が昇ってしばらくした頃、運ばれてきた朝食のお膳を見て、雨蘭は目を丸くする。

いつもは明と一緒だが、今日からしばらく朝食も一人だ。

「いつもと随分違った雰囲気ですね」

品数が明らかに少なく、載っているおかずも、萌夏が余った食材で作る賄い飯のように見える。

異変を感じたのは雪玲も同じだったようで、料理を運んできた年配の女官に向かって遠慮がちに声をかけた。

「峰《ふおん》先輩、これは何かの手違いではないでしょうか？」

「いえ、手違いなどではありません。殿下がご不在ですし、雨蘭様にはこうしたお料理の方が馴染み深いと思いまして。特別に用意したのですよ」

「そうだとしても、これはあんまりではありませんか？　お妃さまのお食事とは到底思えません」

納得いかない様子の雪玲に対して、峰はむっとした様子で「では作り直させます」と乱暴にお膳を持っていこうとする。

「待って、食べます！」

廟での経験から、嫌がらせかもしれないという直感が働いたが、本当に善意で行ったことかもしれないので、雨蘭はひとまず礼を言った。

「心遣い、嬉しいです。ありがとうございます」

仮に嫌がらせだったとしても、怒るほどのことではない。豪華で脂っぽい宮廷料理に少し飽きていたので、むしろありがたいくらいだ。

（こういう時、皇太子妃としては苦言を呈すべきなのかな？　明様や梅花さんだったら言うだろうけど、私は別に気にならないからなぁ……）

とにかく出された料理に罪はない。雨蘭は皇太子妃らしさというものに悩みながらも美味《おい》しくいただき、やはり少々物足りなかったので太米をお代わりした。

「雨蘭様、先程はすみません。後で女官長に報告しておきます」

食事を終え、自習を始めた頃には忘れ去っていた雨蘭だが、雪玲はまだ気にしているようだ。注いだばかりの熱々のお茶を机に置きながら、彼女は元気のない声で呟いた。

「えっ。いいよ、いいよ。毎食あんな感じでも良いくらい。……って、そんなことを言ったらまた、自覚が足りないって梅花さんに怒られるか」

雨蘭は、部屋に入ってきた寝起きの天女と目を合わせる。

朝に弱い梅花がこの時間に起きてくるとは珍しい。

彼女は日中、翡翠宮で雨蘭の先生役をしているが、生活の場所としては翡翠宮の向かいにある黒曜殿が与えられている。

妃ではないのに、ほとんど妃のような待遇を受けている、特別な人物なのだ。

「私がどうかしたのかしら？」

「いえ、何でもないです」

「相変わらず早起きね」

きっちり化粧をして、よそ行きの煌《きら》びやかな服に身を包んでいる梅花だが、まだ眠たいのか、いつものような覇気はない。

「梅花さんはいつもより早いですね」

「今日は梁様に頼んで茶室を借りているの。もう少ししたら実践練習をしに行くわよ。

勿論《もちろん》、殿下にも、私が同行するなら問題ないと許可をいただいているわ」

梅花は皇太子の印が押された書面を見せた。

恵徳帝が後宮を解体する以前に比べ、規律は緩くなったらしいが、妃が後宮の敷地を出るには夫の許可がいる。

いつも勝手に抜け出している雨蘭が、正式な許可書を見るのは初めてのことだった。

「茶室で練習、というのはどういうことでしょう？」

許可書をまじまじと見ながら雨蘭は尋ねる。

「お花見会のもてなしの場として、茶室を修繕して使うことになったらしいの」

「なるほど。あそこなら広々としてますし、丁度良いかもしれませんね」

確かに茶室なら、庭に植えられた美しい桃の花を見ながら、お茶や食事を楽しむことができる。

「もう準備が始まっているんですね」

「当然。当日までもう二ヶ月しかないのよ？　今頃、宮中全体が準備に追われているわ。貴女もそろそろ実践に移らないと」

座学で知識、教養を得るだけでなく、他国の要人を招いた宴の場での振る舞いや、言葉遣いを覚える必要があると梅花は言う。

「身のこなしや適切な状況判断は、一朝一夕で身につくものではないから、正直今からでも間に合うか心配よ」

梅花が、鏡華国との関係や第二皇子の噂を踏まえて、いかに大変な状況であるかを説くので、楽天的な雨蘭も次第に不安になってくる。

「今すぐ行きましょう！　雪玲、準備を！」

雪玲は頷くと、他の女官を呼んで慌しく雨蘭の身なりを整えた。

盛りに盛った頭の上の金の飾りに、金の刺繍《ししゅう》が入った冬用の分厚い上着。その重さに辟易《へきえき》するが、早くこの装いにも慣れなければならない。

「正装をするとそれなりに見えるわね」

「雨蘭様、お綺麗《きれい》ですよ」

梅花と雪玲に褒められた雨蘭は、姿見に映った自分をじっと見つめる。

（ただの田舎娘が、ちゃんとお妃さまに見えるんだもの。すごい技術！）

雨蘭が自分で化粧をしても、こうはならない。街へ行くために気合いを入れておめかしした、田舎のおばさんの顔が出来上がってしまう。

「梅花さん、茶室までの移動はどうしましょう？　流石にこの姿では、歩いて行けそうにありません」

「そんな心配をする皇太子妃がどこにいるの。普段の行動が異常だと知りなさい」

呆れ顔の梅花について玄関に向かうと、戸口の目の前に輿《こし》が二つ用意されていた。雨蘭と梅花の分だろう。

（そうか。普通はこれで移動するのね）

明も普段は自分の足で歩いているので、輿は行事の時にしか使われないものだと思っていた。

「言っておくけど、貴女や殿下が特殊なの。普通は宮中であっても出歩いたりしないいんだから」

「そうなんですね……」

恵徳帝をはじめ、偉い人がふらふらしているところをよく見かける雨蘭は、普通とは何か分からなくなってしまった。

＊

茶室に着いた雨蘭は、女官二人に手伝われて輿を出た。

ふわりと香ばしい茶葉の匂いが漂うと、いつまでも嗅いでいたい気持ちになる。

（そういえば正式に訪れるのは初めてだなぁ……。えっ？）

初めて茶室を訪れた時のことを、懐かしく思いながら歩いていたところ、誰かの足に躓《つまず》いた。気づくと雨蘭の眼前に地面が迫っている。

「あでっ」

「きゃあっ」

咄嗟《とっさ》に手をついたことで、なんとか大惨事を回避したが、転んだ拍子に頭から外れた髪飾りが、からんころんと地面を転がっていく。

しん、と辺りに一瞬の静寂が訪れた。

（……何であんなところに足が？）

何が起きたのか分からず、雨蘭もしばらくぽかんとしてしまう。

「雨蘭様!?　大丈夫ですか？」

慌てて雨蘭を起こそうとする雪玲とは対照的に、雨蘭についていた、もう一人の女官は冷ややかな反応を示した。

「今日がお花見会当日でなくて良かったですね」

今朝、朝食を持ってきた峰とはまた別の女官で、確か清麗《しんりー》という名だ。年齢は女官長や峰と同じくらいだろう。神経質そうな雰囲気で、体は小枝のように痩せている。

雨蘭はどうやら彼女の足に躓いたようだ。

「清麗さん、すみません。怪我《けが》はないですか？」

ぶつかったら折れてしまいそうな見た目の女官を心配した雨蘭だったが、彼女はそれが気に食わなかったらしい。

「私のような、下々の人間のことまで心配してくださって、涙が出るほど心優しいお妃さまですこと」

そう言って雨蘭を蔑むような目で見た。

「雨蘭様に向かってなんて酷いことを！　さっき、わざと足を引っ掛けましたよね!?　私見てました」

「酷いこと？　事実を言ったまででしょう。新米のくせに口答えするとは図々《ずうずう》しい。妃つきを命じられたからって、自分も権力を得た気になっているのね」

「なっ！　そんなことはありません。今朝の峰さんのことを含めて、女官長に報告しますから」

清麗の気の強さにも驚いたが、雪玲がここまでハキハキものを言っているところを初めて見た。呆気《あっけ》に取《と》られた雨蘭は、黙って二人の口論を見守る。

「報告？　すれば良いじゃない。皇太子妃を認めていないのは莉榮様も同じよ。だって橙妃様と比べたらこんな娘――」

「清麗さん!!」

清麗の言葉を遮るようにして雪玲が叫んだ。きっと雨蘭が聞いたら傷つくと思ったのだろう。

しかし、雨蘭は大して何とも思っていなかった。清麗の言う通り、彼女は事実を言ったまでだ。

(女官長には認められてないだろうと思ってたし、明様のお母様に田舎娘の私が敵うはずがない)

皇太子妃になったら、厳しい言葉を投げかけられることは、後宮に入る前から覚悟していた。むしろ今まで何もなかったことの方が不思議なくらいである。

(きっと明様が護ってくれてたんだ)

皇太子不在の今が、気に食わない妃に嫌がらせをする好機というわけだ。

「私に言いたいことはそれだけですか?」

雨蘭は小首を傾《かし》げて清麗に尋ねる。

あまりにも平然としている雨蘭に怯《ひる》んだ彼女は、ぐっと言葉を詰まらせた。

「私に文句があるのなら、これからは回りくどいことをせず、直接言ってください。精一杯改善に努めます」

「……っ。改善に努めますだなんて、皇太子妃は女官にそんなことを言いません! 品格が疑われます」

雨蘭と、唾を飛ばしながら叫ぶ清麗の間に、すっと梅花が割って入る。

「あら、そうかしら。皇帝陛下が愛された、翠妃の名を継ぐお方ですもの。このくらい寛容であるべきだと思いますわ」

時間の流れが緩やかになったように感じるほど、優雅な口調だった。

「寛容であることは良いとして、そもそも出自からして妃に相応しくないでしょう。花嫁試験があったんですっけ？　どうして黄家《こうけ》の娘である貴女が選ばれなかったのか、不思議です」

それを聞いた梅花は目を細めて笑う。

「何か誤解をされているようですが、私は選ばれなかったのではなく辞退したのです。それより、翠妃様を侮辱することは、彼女を選んだ殿下を侮辱するに等しい行為ですわ。気を付けた方がよろしいかと」

二人の女性の間に火花が散った。

どちらも折れる気配がなく、困り果てていたところ、茶室の扉がかたんと音を立てる。

どうやら中にまで聞こえていたらしく、勇敢な茶室の青年は、外れた扉を盾のようにし、荒ぶる女性たちに声をかけた。

「あ、あのー……。ひとまずお茶でもいかがですか？」

＊

「まず、入室からお茶出しまでのところだけど」

お茶を飲み、一息ついたところで梅花の講義が始まる。

清麗は雨蘭たちに一々口出しするつもりはないようだ。ぶすっとした顔をして後方の壁に控えている。

茶室を管理する青年は、肩身が狭そうに、飲み終わった茶器を回収していった。

「余所見《よそみ》しないの！」

「はい」

雨蘭は雪玲がいじめられないか気がかりだったが、梅花の話に集中する。

「部屋への入り方、席へのつき方は基本通りよ」

「他の式典の時と変わらないということですね」

後宮入りする時に教えてもらった基本の動きなら、既に身についている。一から覚える必要はなさそうだ。

「そうね。ただ重要なのは、何事も殿方より先に行わないこと」

「殿方というのは陛下や明様ですか？」

「同じように並んで座る男性陣のことよ。鏡華国側の人間も含まれる」

雨蘭はふむふむ、と頷いた。

奉江国にも男性を立てる文化はあるが、明はあまり厳しく言わない。どちらかというと雨蘭を優先させたがる。

「鏡華国における女性の地位はこの国よりも低いの。妻は夫に黙って従うべしとされている。私のように気の強い女や、貴女のような無作法に話しかける女は、間違いなく非難の的になるわ」

（梅花さん、気が強いって自覚してたんだ……）

雨蘭は話の内容よりもそこが気になってしまった。

「貴女は動きががさつだから、美しく振る舞うよう日頃から練習なさい」

「はい！」

「そして次はお茶について。お茶出しは女官に任せれば良いけど、さっきの飲み方では全然駄目ね」

梅花は女官たちに、もう一杯お茶を運んでくるように言う。

すぐに動こうとした雪玲を、清麗が棘のある口調で制止した。

「私が行きます。どうせ新人は宴席での配膳をろくに知らないでしょう」

傷ついた顔をする雪玲を見て、雨蘭の胸はちくりと痛む。

どうしてこうなってしまうのだろうと思っていると、梅花はふぅと息を吐きだし、呆れた様子で呟く。

「かつて橙妃様に仕えていた女官長一派が、貴女に反感を持っているようね」

本来なら女官長が目を光らせ、彼女たちの行動を窘めるべきところ、もしかしたら女官長自身が、嫌がらせをするよう扇動している可能性もある。というのが梅花の見解だった。

「鬱陶しいけど放っておきなさい。殿下が戻っていらしたら、処分するよう伝えるわ」

「処分って……仕事を失うということですか⁉」

「そうね。宮廷追放だけで済めば、だけど」

「そんな、そこまでする必要は！」

こうなったのも全て雨蘭のせいだ。

(私がちゃんとしていれば、嫌がらせしようなんて思わなかったはず)

しかし、梅花は自責する雨蘭を大きな声で叱りつけた。

「貴女は皇太子妃なの。彼女たちも逆らえばどうなるかなんて分かっているはず。それでもあの態度をとるのは、相応の覚悟があるか、どうせ貴女はそんなことをしないと舐められているのよ！」

「そうかもしれませんが、明様に言うのは待ってください。お花見会までに私がなんとかします。明様に頼らなければ何もできないなんて、それこそ妃失格です」

雨蘭も、梅花に負けず劣らずの強い口調で反論する。

梅花の言うことは理解できる。けれど、雨蘭は自分を棚に上げ、明を頼って権力を振りかざす妃にはなりたくない。

「まぁ、良いわ。貴女はちょっとやそっとの嫌がらせに参る人間ではないでしょうから、好きになさい」

梅花はそう言って、お茶を準備する部屋の方をちらりと見た。雨蘭も梅花の視線を追いながら、もしかしたら彼女は中にいる清麗に釘《くぎ》を刺すため、わざと大きな声を出したのかもしれないと察する。

視線を戻そうとした丁度その時、茶室の扉を開けて入ってきた官服姿の男と目が合った。雨蘭は思わず彼の名前を口にする。

「あ、梁様」

「へ？」

今まで聞いた中で一番間抜けな声だった。梅花は一瞬後ろを振り返ったと思ったら、またすぐ背を向けて、真っ赤な顔で雨蘭を凝視する。

「ど、ど、どうしてここに梁様が⁉　いらっしゃるなんて聞いてないわよ！」

という心の声が漏れ伝わってくる。

その様子を見て、恋愛に関してはもしかしたら、自分の方が少しだけ上手かもしれないと雨蘭は思った。

梁は茶室の青年といくつか言葉を交わした後、雨蘭たちの方へとやって来る。

「練習はどう？　上手く行ってる？」

「私はまだまだですけど、梅花さんが丁寧に教えてくれています。ね、梅花さん？」

よかれと思って話を振った雨蘭だったが、肝心の梅花は俯《うつむ》いたまま動かない。

（えええ、固まってるー!?　梅花さん、しっかりしてください!!）

これまでの梁との逢瀬も、もしかしたらこの状態だったのだろうか。そうだとしたら関係が進展するわけがない。

（後になって、貴女ばかり話して！　って怒らないでくださいよ！）

仕方ないので雨蘭が話を繋《つな》ぐ。

「梁様はどうしてこちらに？」

「明から様子を見てやってほしいと言われていてね。本当は自分が顔を出すつもりだったんだろうけど」

梁が微笑むと、蜂蜜のように美しい色の目がとろりと揺れる。

梁と話す時は、全てを見透かされているような心地になって、梅花ほどではないが未だに雨蘭も緊張してしまう。

「梁様は外出されなかったんですね」

「元々陛下が行くところを急遽《きゅうきょ》、明が代行することになったんだ。明には丞相《じょうしょう》が同行して、僕はお留守番」

「丞相……梅花さんのお父様ですか？」

廟にいた時、梅花の取り巻きから、彼女の父親は丞相という偉い人だと聞いた。

「そう。雨蘭も会ったことがあると思うよ」

（えっ？　そんな人、いたかな……）

それらしき人を思い出せず天井を見つめる雨蘭に、いつも陛下の側に控えている、武人のような出立《いでたち》の人だと梁が説明する。

「あーっ!!　いつも陛下を探しに来るお付きの人！　護衛か、お世話係かと思っていました」

「ははは、確かにそう見えても仕方ないだろうね。でも本当はすごい方なんだよ。僕も尊敬してる」

梁はきらきら光を放ちながら言う。その光に吸い寄せられたかのように、梅花は突然真っ赤に染まった顔を上げた。

「わ、私は父よりも梁様を尊敬していますわ！」

「ありがとう。でもそれは、君のお父様の前では言わない方が良いね。きっと悲しむよ」

眉尻を下げ、困ったように微笑む梁の美しい顔には、確かに人の心をぎゅっと掴む不思議な力があった。

不意打ちを喰《く》らったらしい梅花は、言葉にならない声を上げ、顔を手で覆って再び俯いてしまう。

（あああ、梅花さーん!!）

これでは実践練習どころの話ではない。

雨蘭がどうしたものかと思っていると、清麗が茶器を持って裏から出てきた。

彼女は青ざめた顔をしており、お盆を持つ手は震えているように見える。

（もしかして、梅花さんの、明様に言いつけるって話が聞こえて怯《おび》えてる？　それとも梁様が現れたから？）

何はともあれ、このままだと持ってくるまでの間に、最悪の場合は梁の目の前で、彼女はお茶の入った急須をひっくり返しそうだった。

「雪玲、清麗さんに代わって茶器を運んで。清麗さん、雪玲に正しい振る舞いを教えてやってください」

雨蘭は刺激しないよう言葉を選んだつもりだったが、清麗はきまり悪いと感じたのか「ですが……」と言《い》い淀《よど》んで目を逸らす。

「できる先輩が何でもやってしまうと、後輩が育ちません。ですよね、梁様」

「そうだね。今は練習の場だから失敗したって構わないわけだし、若い子に教えるのも立派な仕事だよ」

頭の切れる梁は一瞬で状況を察しただろうが、女官の失態に気づかぬふりをして話を合わせてくれる。

（梅花さんは、梁様のこういうところを好きになったんだろうな）

ぽーっと梁を見つめる梅花に気づいて、雨蘭は思わず微笑んだ。

「雨蘭」

「はい？」

梁に名前を呼ばれた瞬間、反射的に怒られるのだろうと思って全身に緊張が走る。ところが、彼はむしろ雨蘭を褒めた。

「陛下が何故、君を花嫁探しに連れてきたのか、今ならよく分かるよ。優しいところが亡き皇后様にそっくりだ」

「そうですか？　でも私、皇后様や橙妃様には遠く及ばないと思います」

雨蘭は驚いて目を丸くする。

「知識や振る舞いの面ではそうかもしれないけど、雨蘭には、雨蘭にしかない強みがあると思うよ」

皇太子妃としてどうあるべきかを悩んでいた雨蘭は、その言葉を聞いて少しだけ肩の荷が下りたような気がした。

（そうか。私は別に、翠妃様や橙妃様のようになる必要はないんだ）

自分は自分らしく、立派な皇太子妃を目指せば良い。

明にこのことを話したら、「そんなことで悩んでいたのか。お前らしくないな」と呆れ笑いを浮かべるだろう。その様子がありありと浮かんで、まだ離れて数日も経っていないのに会いたくなってしまった。

結局、梁の言葉が効いたのか、清麗はお盆を雪玲に渡し、きちんと後輩指導をしてくれた。それから梅花も、どうにか雨蘭にお茶の飲み方を教え、教育係としての面子《めんつ》を保ったのだった。


「そういえば、琥珀宮に幽霊が出るという噂が広まっているみたいだけど、二人とも何か知らないかな？」

お茶を飲んでいる最中、梁が放ったこの一言に、雨蘭と梅花は顔を見合わせた。

「私は何も。心当たりがないわけではありませんが」

梅花はそう言ってじっと雨蘭を見つめている。

何故こちらを見るのだろうと不思議に思ったが、梁も雨蘭の反応を窺っていることから、ようやく梅花の言う『心当たり』が何なのかを察した。

「え!?　もしかして二人とも私を疑ってるんですか？」

「翡翠宮と琥珀宮の間には塀があるとはいえ隣り合っているから、興味本位で忍び込んだところを誰かが見間違えたのではなくて？」

梅花は疑い深く雨蘭を見つめて言う。

「琥珀宮の敷地に入ったことは一度もないですよ！　後宮の外に抜けるにも、琥珀宮は通りませんし！」

雨蘭は頭を左右にぶんぶん振って否定する。確かに侵入することは容易《たやす》いが、目的もなく後宮内の建物を探索する趣味はない。

「使用人の間では随分噂になっているらしいね？」

梁が尋ねると、清麗はさっと頭を下げて答える。

「はい。夜、井戸に水を汲みに行った者が、琥珀宮の敷地内に佇む女の影を見たと言っており……」

「私は初めて聞きました」

雪玲は話を聞いて顔を強張らせた。梅花もこうした話に耐性がないのか、顔を曇らせている。

実は雨蘭も怖い話は嫌いだ。今でこそ幽霊の類は信じていないが、幼い頃は夜になる度、風の音や暗闇が怖くて兄にしがみついたものだ。

「莉榮様が口止めをしているのですが、場所が場所なので、当時を知る者の間では橙妃様の霊ではないかと騒ぎになっています。殿下の寵愛《ちようあい》を受ける翡翠宮の妃が、気に食わないのではないかと……」

「まさか本当に橙妃様の霊ということはないと思うけど、不審者かもしれないから少し気になっていてね」

梁は夜間の警備を強化するつもりだと話す。

「橙妃様の、霊？」

既に亡くなっている橙妃の霊が出るのは、おかしくないのかもしれないが、清麗の怯えたような、深刻な表情が気になった。

「明の母親のこと、何も聞かされてない？」

「はい。あまり触れない方が良いのかと思いまして」

梁はしばらく黙り込んだ後、ゆっくりと口を開く。

「僕から話すべきではないかもしれないけど、明は話さないだろうし、そのうちどこかで耳にするだろうから言うね」

いつにも増して真剣な表情の梁に、雨蘭はこれから聞く話の重さを覚悟する。

「……今から十年近く前のことだ。夫の冷遇に耐えかね、神経衰弱に陥った橙妃は、あの場所で自ら命を絶ったんだよ」

明の父親——当時の皇太子は人に関心がなく、自分の欲を満たせれば良いという人だった。

待望の男児を授かった橙妃は、これで夫の寵愛を得られると大いに喜んだが、期待と裏腹に夫との距離は離れていくばかり。

橙妃の怒りはまだ幼い明に向き、そして——。

「明は僕にも話してくれたことはないけど、存在を否定するような、相当酷いことを言われたようだ」

覚悟したからといって、簡単に受け止められるような話ではない。雨蘭は言葉を失った。

この話がまさに、出会った頃の明が頑なに心を閉ざしていた理由だろう。

「私……今まで何も知らず、明様に失礼なことを言っていました……」

「それはないよ。明はそんな君に救われていたんだから」

梁は落ち込む雨蘭を慰めた後、場の空気を和ませるような明るい声音で話を続けた。

「今の明は、雨蘭に手を出す不届者がいないかとか、急に酒を飲んでどうしたんだとか、そんなことばかり考えていると思う」

流石に梁の言うほどではないと思ったが、冷たそうな見た目からは想像できない、過保護な明を想像したら少し笑えてくる。

「過去の話は気にせず、今まで通り接してあげて。きっと明もそれを望んでいると思うから」

「はい」

空になったままずっと持っていた茶杯を、雨蘭はそっと卓に置く。

いつか、明の方から話してくれるその時まで、この話はそっと胸に秘めておこう。

「さて、この話はおしまい。幽霊のことは、こちらできちんと調べるから安心して」

梁は笑顔で話を締め括《し》ると、仕事へ戻っていった。

しかし、残された雨蘭たちの間には、どことなく気まずい空気が流れ、一度目の実践練習はそのままお開きとなったのだった。

＊

茶室での一件から数日が経った頃、雨蘭は琥珀宮の幽霊話を気にも留めず、勉強に勤《いそ》しんでいた。

女官長一派の清麗は、茶室での一件に懲りたのか、雨蘭たちから距離を置いているようだ。

一方、峰は未だに諦めておらず、何かにつけて嫌がらせをしてくるが、小突いたり、茶をこぼしてかけたりと、雨蘭にとっては他愛のない悪戯《いたずら》ばかりなので放ってある。

「雪玲、どうしたの？」

集中力が切れた雨蘭が体を伸ばしていると、手提げの木桶《きおけ》を持ったまま、部屋をうろつく雪玲が目に入った。

「水の蓄えがなくなってしまったので、井戸に行かなければならないんです。で、でも、実は一昨日も出たらしくて……」

「出たって、橙妃様の幽霊が？」

雪玲は涙目で頷く。

（そういえばそんな話があったな）

冬は日の入りが早いせいで外はもう暗い。雪玲は、一人で行くのが怖くて躊躇っていたのだろう。

「梅花さん」

「何よ」

雨蘭は雪玲の他にもう一人、話を聞いて顔色を悪くした人物に声をかける。

「怖いなら今晩一緒に寝ますか？」

「別にこのくらい、怖くないわよ！」

梅花がムキになるのは大抵図星をつかれた時だ。間違いなく幽霊が怖いのだろう。

（梅花さんとは一緒に寝れば良いとして、このままにしておいたら色んなところに支障が出そう）

どうしたら良いのか、雨蘭はしばらく考え込む。

「もし本当に橙妃様の霊がいるとしたら、私が気に食わなくて出たってことですよね」

この前の清麗の話では、橙妃の霊が出るようになったのは、翡翠宮の妃が皇太子の寵愛を受けていることが気に食わないからだと考えられているようだった。

「私、話をつけに行ってきます！」

「は、はぁ？　貴女何を言って……」

梅花に止められる前に、雪玲から水汲《みずく》み桶を奪取して、雨蘭は翡翠宮を飛び出す。

丸い月が美しい夜だった。

二

東屋《あずまや》の支柱にもたれた男——鏡華国第二皇子の紫炎は、唇の端を吊り上げた。

何も知らない者には、満月を映した美しい池を愉《たの》しんでいるように見えるだろうが、実際のところ風情とは縁遠い人物である。

今も間者から上がってきた情報を聞いて、堪えきれずに笑っただけだ。

「幽霊騒動で今更警備強化とは呑気な国だよなぁ。迎えた妃も農民上がりのとんでもない女らしいし、話題には事欠かないね」

暗闇に控えている伝達役からの返事はなく、殆ど独り言のように紫炎は呟く。

乗っとるような形で紫炎が軍務を継ぎ、奉江国に間者を送り込んでから早一年。伝わってくる情報はどれも無益なものばかりだ。

それはそれで面白いのだが、国政や軍事に関わる肝心な情報は全く入ってこないため、役立たずにはそろそろ灸《きゅう》を据えてやらねばならないだろう。

これでも随分気長に待った方だ。普通なら一度の失敗で容赦なく切り捨てている。

「花見会に行くと伝えておけ。以上」

紫炎がそう言うと、背後の気配はすっと消えた。

（恵徳帝の体調が優れないようだし、春のお花見会とやらは後継お披露目の場か）

初めは、遠路はるばる呼びつけても構わない存在と見なされているのかと思ったが、どうやらその逆かもしれない。

度重なる西への進軍の裏に紫炎がいることなら、奉江国にも悟られているはずだ。

厄介な相手とも上手くやれるか、恵徳帝が世継ぎを試そうとしていると考えた方が腑《ふ》に落ちる。

そうであるなら期待に応えなければ、と紫炎はほくそ笑んだ。

（そろそろ戻るか）

夜の散歩にも飽きてきた。

自身が根城にしている軍機処に戻ろうとした紫炎は、近づいてくる灯りに気づいて舌打ちをする。

灯りの主が皇帝の使いだということは、格式ばった服装からして明白である。

「紫炎皇子、陛下がお呼びです」

ぼちゃん、と蛙《かえる》が池に飛び込む音が響く。

紫炎は一呼吸置いてから、不機嫌な声で答えた。

「こんな夜に、わざわざ俺が出向くわけないだろ」

そういえばこの前は、夜にしろと言った気もするが、そんなことはどうでも良い。

紫炎はとにかく、生真面目でつまらない父親の説教を聞きたくないのだ。

「ですが……今日こそは必ず連れてくるようにと……」

「はぁ。折角良い気分だったのによぉ。なに、俺を連れてかないと首が飛ぶわけ？」

男は怖気《おじけ》づいたのか、どちらとも取れる曖昧な返事をする。

「なら、今ここで刎《は》ねてやるよ」

紫炎は腰に差していた刀を抜いた。

どすん、と鈍い音とともに男は地面に崩れ落ち、その拍子に火が消えて、辺りはふっと暗くなる。

「ひっ、ひぃぃぃぃっ！」

「つまんねぇーの」

腰が抜けた様子で慌てふためき、四つ足歩行で逃げていく男を見て、紫炎は溜め息をついた。

本当に首を落としてしまっても良かったが、返り血を浴びるのも面倒なので大人しく刀を仕舞う。

（明啓《みんけい》、だっけ？　せいぜい俺を愉しませてくれよ）

紫炎は互いの国がどうなろうと構わない。自分が愉しめればそれで良いのだ。

＊＊

（勢いで出てきちゃったけど、本当に幽霊がいたらどうやって戦おう）

琥珀宮の門前に立った雨蘭は、ごくりと喉を鳴らす。

今のところ、水汲み用の桶で殴るくらいしかできないが、果たして幽霊に物理攻撃が効くのだろうか。

更に愚かなことには灯りを持ってこなかったので、月明かりだけが頼りだ。

井戸はなるほど、琥珀宮の門前を少し越えたところにあり、水を汲みに行こうとすると、扉のない門から琥珀宮の敷地と建物の一部が視界に入る。

（確かにこれは夜、水汲みに行くのは怖いかも……）

梁は警備を強化すると言っていたが、今現在は、琥珀宮の前に門番を常駐させているわけではないようだ。

「失礼します」

翡翠宮を飛び出した時の勢いを失った雨蘭は、なんとなく挨拶をし、大きな音を立てないよう忍び足で門をくぐる。敷地に入った途端にざぁっと風が吹き、凍《い》てついた空気が肌を刺した。

琥珀宮の敷地内は使われていない今も尚、それなりに管理されているようだ。

建物を囲む庭をぐるりと回ってみたところ、草は刈られ、建物の外壁《がいへき》にも目立った損傷は見られない。

まだ誰かが住んでいそうな雰囲気があり、雨蘭の緊張は増していく。

「錠が開いてる……」

忍び込める場所を探す必要があると思ったが、正面の扉につけられた錠は誰かが開いた後だった。

木製の扉を押してみると、ぎぃと音を立てて動き、暗闇が雨蘭を中へと誘う。

(中に入れということかな。どうしよう、段々怖くなってきた……)

錠が開いていたのも幽霊の仕業だろうか。雨蘭はいつでも応戦できるよう木桶を構え、意を決して建屋の中に入った。

橙妃の霊と話をつけると言って出てきたのは自分なのに、それらしき兆候を前にして、幼い頃に感じていた恐怖がありありと蘇《よみがえ》ってくる。

暗がりを一、二歩進んだところで雨蘭は立ち止まった。右手奥の方から微かに物音が聞こえた気がする。

(気のせいだよね……？)

雨蘭は一人で琥珀宮に乗り込んだことを後悔し始めていた。せめて明るい時に来るべきだったと内心泣きべそをかく。

ぎしぎしと木が軋《きし》み、誰かが近づいてくる音が聞こえた時にはもう、心臓が止まるかと思ったが、どうにか耐え抜いて、廊下の奥に灯りが見えた瞬間、叫びながら木桶を投げつけた。

「悪霊退散っ!!」

「おわっ！」

どごん、ばきっ、からんからんと、桶が壁に当たって床に落ちた音がする。

(外した⁉　それとも幽霊だから貫通した⁉　というか私、悪霊と決めつけて、話をする前に攻撃しちゃった！)

ぎゅっと目を瞑《つぶ》った状態で雨蘭は慌てふためく。

目を開けたら、目の前に女の顔がありそうで怖いうえ、逃げようにも足が震えてしまって動けない。どうしよう、という言葉が一呼吸の間に百ほど脳裏を駆け巡る。

「お前、よくも俺に物を投げたな」

ぽん、と手が肩に触れた。

「ぎゃ――――っ!!」

その場で跳び上がり、雨蘭はがむしゃらに手を回して、見えない敵に殴りかかる。

「おいっ、やめろ！　俺だ！」

（……俺？）

雨蘭はぴたりと動きを止める。男の声、それもよく知る人の声とそっくりだ。

（橙妃様ではない……？）

恐る恐る目を開けると、宮中を不在にしているはずの明が、提灯《ちょうちん》を持って立っていた。

想定外の人物が目の前にいることで、雨蘭の脳内に大量の疑問符が舞う。

「明様、お亡くなりになられたんですか……？」

「勝手に殺すな。いや、殺されかけたが……。一体どれほどの力で投げたらこうなるんだ」

明は溜め息をついて、無残に砕け散った木桶を照らす。

確かにあれが生身の人間に当たっていたら危なかったが、雨蘭は未だに明が本物であると信じられずにいる。

「帰りは明後日では？」

「予定が巻いて先刻戻ってきた。ここへ寄ってから、お前のところに行くつもりだったんだ」

硬直する雨蘭の頬に明はそっと手を添えた。温かい、いつもの明の手だ。どうやら本当に幽霊ではないらしい。

「大方想像はつくが、お前は何故一人でここに来た？」

「女官たちが怯えているので、私が幽霊と話をつけようと思って来ました。……幽霊の正体は明様だったということですか？」

「違う。俺は梁から話を聞いて今日、十数年ぶりに足を踏み入れた」

雨蘭は、明が不在にしている間にも幽霊の目撃情報があったことを思い出す。

それに、明にとって、ここは好んで訪れたい場所でもないだろう。

「くだらない噂を聞いて来てみたが、幽霊なんてものはいやしないな。いたら今頃俺をとり殺しているはずだ」

何気ない明の一言にぎょっとする。

家族のために生きてきた雨蘭にとって、にわかには信じられない言葉だった。

（母親が息子を手にかけるなんて……）

しかし、無責任に「そんなはずない」と慰めることもできず、雨蘭は気づかぬふりをして少しおどけてみせる。

「まだ分かりませんよ。明様に霊感がないだけかもしれませんし」

「それなら、お前が回ってみるか？　幽霊と話をつけるんだろ」

明はにやりと笑い、持っていた提灯を渡そうとしてくる。貸してやるから回ってこいということだろう。

「え⁉　いや、私は……。明様も帰ってきたことですし、今日のところは退散しようかなと……」

先ほど味わった恐怖を思い出した雨蘭は、顔を引き攣らせた。

丁度その時、視線を逸らした先の壁にあった染みが女の霊に見え、雨蘭はびくりと体を震わせる。

それを見た明は、声をあげて笑い始めるではないか。

（は、恥ずかしい！　お母様のことを思い詰めてるわけではなさそうで、安心したけども！）

「心臓に毛が生えているかと思いきや、案外怖がりなんだな」

「明様が急に現れて驚かすからですよ！」

「幽霊こそ急に現れるものだと思うが……。無鉄砲ぶりは相変わらず――」

明は突然話を止めたと思ったら、目を見開いて雨蘭の背後を凝視した。

これはもう、間違いなく雨蘭の後ろに何かがあった、いや、何かがいるのだ。

「ぎゃぁぁぁぁぁっ!!!!」

雨蘭は後ろを振り返ることもなく、この世の終わりかと思うほどの叫び声を上げ、明にしがみついた。

ぽんと頭に手が置かれたと思ったら、上から笑い声が降ってくる。

「ふっ、あははは。」

「明様……もしかして、騙しました？」

「悪い。反応が可愛くてつい」

可愛いという言葉には騙されない。心臓が飛び出しそうなほど驚いた雨蘭は、半泣きで明を睨んだ。

「最低です!!　今度やったら赦しませんからね!!」

「分かったって」

全く分かっていなさそうだが、珍しく大笑いする明に、結局絆《ほだ》されてしまう。雨蘭の反応よりも明の笑顔の方が、よほど可愛いではないか。

「明様は幽霊が怖くないんですか？」

「まぁな。幽霊よりも恐ろしいのは人間だと思っている。ほら」

「え？」

差し出された手を見て、雨蘭は目をぱちくりさせる。

「そんなに怖いなら手を繋いでやる」

「その上から目線は何ですか」

そう言いつつも、雨蘭はそっと手を重ねた。

明は怖がる雨蘭が物珍しく面白いのか、手を繋いだまま屋敷《やしき》の中を案内する。

「翡翠宮とは造りが少し異なるんですね」

間取りは翡翠宮と似ているが、天井は高く、柱の足や窓枠に至るまで、装飾に凝っている。

書物で目にした、遥《はる》か遠くの西の国々から伝わったという技法だろうか。扉や柱の一部には、雰囲気の異なる華やかな彫刻が施されていた。

「見栄《みえ》を張りたがる女だったんだろう。調度品の類は既に撤去されているが、どれも派手だった記憶がある」

ふと立ち止まった明は、がらんとした大部屋を見つめている。部屋の高い位置に格子窓があり、そこから月の光が降り注ぐ美しい空間だ。

きっと彼の目には、橙妃が暮らしていた頃の風景が映っているのだろう。

（明様はお母様のことを、心から憎んでいるわけではないのかもしれない）

懐かしそうに目を細める明の表情を見て、なんとなくそう感じる。

「明様のお母様のこと、聞きました」

雨蘭はそう言って反応を窺う。きっと大丈夫だろうと思ってはいても、緊張し、繋いだ手には汗がにじんだ。

「梁が話したんだろ」

「……はい」

「気にするな。話す機会がなかっただけで、隠そうとしていたわけではない」

明は感情を露《あら》わにすることなく、今までの会話の延長線といった雰囲気で話す。

以前から気になっていることを尋ねるのなら、今だと思った。

「明様のご両親が、どんな方だったか聞いても良いですか？　変に噂で聞くより、できれば明様から聞きたくて」

明は嫌がる様子もなく、少し考え込んだ後、まずは父親について語ってくれる。

「そうだな……。父は自分のためなら他人を傷つけても構わない、利己的な人間だった。俺は殆ど言葉を交わした記憶がない」

「お父様は出先の事故で亡くなられたんですよね」

「表向きはな。あれは父の横暴さに耐えかねた側近の仕込んだことだ。その男も死んでしまったから確証はないが」

自業自得だと吐き捨てるように言い、明は話を続けた。

「母は今思うと虚勢を張っていただけで、ただの弱い人だったんだろう。恨んだこともあるが、過去の話だ」

「……話してくれてありがとうございます」

明が当初、皇帝廟での花嫁探しに乗り気でなかったのは、両親のことがあったからだろうと雨蘭は確信する。

「俺は父のようになるつもりはないし、お前も母とは全く違う」

「え？」

明は何故か微笑み、優しい眼差《まなざ》しを雨蘭に向ける。

「今こうして客観的に過去を振り返り、語れるようになったのは、雨蘭――お前のおかげだ」

「私、何もしていませんけど……」

雨蘭は今にも口づけされそうな、甘ったるい空気にむずむずして視線を逸らす。そのついでに繋いでいた手を離し、窓から降り注ぐ月明りの下へ行こうとした。

「ぎゃっ」

「おいっ！」

うっかり部屋の敷居《しきい》に躓いて転びかけた雨蘭を、明が抱きとめる。その瞬間、提灯の火が消えて二人は夜に包まれた。

「危なっかしいな」

「すみません」

明がしっかり支えてくれたおかげで、雨蘭は床に顔面を強打せずに済んだ。

たとえ強打しても、雨蘭なら鼻血が出るくらいで大きな怪我はしなかっただろうし、明もそれを知っているはずだが、護ってくれたということは、それだけ雨蘭のことを大切に想ってくれているからで――。

胸がぎゅんっと締め付けられる。

（強靱《きょうじん》な田舎娘ではなく、普通の女の子になれたみたいで嬉しい……）

誰かに護られて嬉しいという感情が、自分に芽生えるとは思っていなかった。

（明様って細く見えるけど、ちゃんと鍛えているんだな。武術の心得もあるみたいだし、これなら十分畑も耕せそう）

胸の下を支えるがっしりとした腕に、雨蘭はドキドキしてしまう。

（どうしよう、最近どんどん明様がかっこ良く思えてくる！）

初めは「整っているなぁ」程度にしか思わなかった顔も、いつの間にか「かっこ良い……！」と思うようになっていた。

このままでは、明の一挙一動全てがかっこ良く見えて、雨蘭は益々緊張するようになるかもしれない。

「大丈夫か？」

「は、はひ……」

話しかけられたと思ったら、明は雨蘭の背と膝を抱えてひょいと持ち上げ、そのまま床へ転がした。

少し埃《ほこり》っぽい床に転がる雨蘭と、その上に覆《おお》い被さる明という状況に、折角転ばないようにしてくれたのに何故、と思いを巡らせる間もなく彼は尋ねる。

「俺のことがそんなに嫌か」

あまり感情を表に出さない明だが、切羽詰まったような、懇願するような、今までに見たことのない顔をしていて雨蘭は驚く。

「嫌なわけありません。ただお顔が整いすぎて心臓に悪いだけです」

「雨蘭」

「明様？」

一体どうしてしまったのか。明はすがるように名前を呼ぶと、雨蘭を抱き締め、肩口に顔を埋めた。

「……会いたかった」

「……」

明が突然擦り寄ってきた衝撃で、雨蘭の意識は一瞬飛びかける。

（何事⁉）

雨蘭が後宮入りをしてからというもの、明は驚くほど雨蘭を甘やかしていたが、こうして甘えてくるのは初めてのことだ。

誰か今の状況を説明してくれないか、と心の中で叫ぶ。

「まっ、まさか幽霊に体を乗っ取られ……？」

「それはない」

「急にどうしてしまったんですか？　いつもの俺様はどこへ？」

「煩い、たまには良いだろう」、
明は拗《す》ねた口調で返事をする。

（良いですけど。かっこ良いだけでなく可愛いなんて、心臓がいくつあっても足りません……）

琥珀宮に乗り込んでからの短い間に、何度昇天しかけたことか。しかし、そのおかげで一つだけ確かめられたことがある。

（やっぱり橙妃様の霊なんていないんだ）

もしいたら、とっくの昔に「ここで戯れるな」と言って、化けて出ただろう。

「……私も、明様がいなくて寂しかったです」

雨蘭は明の柔らかな髪を撫でながら言う。

数日経《すうじつた》つと、一人で眠ることには慣れてしまったが、慣れてしまったという事実に寂しさを覚えた。

「他の男に目移りしなかったか?」

「後宮内でどうやって男の人と出会うんですか」

後宮の敷地には皇帝陛下——実状としては、陛下が権限を移譲した明を除き、基本的には女性と、男性としての機能を失った者しか入れないことになっている。

後宮が使われなくなってから十年近く経っているので、後者にあたる人物も、今は数えるほどしかいないそうだ。

(私が抜け出せるくらいだから、身体能力の高い人ならいくらでも後宮に忍び込めるだろうけど。そもそも宮廷の警備自体が厳しいからなぁ)

後宮に男が忍び込んだという話は未だ聞いたことがない。

「この前は抜け出した先で、男に手を摑まれていただろう」

「あれは不審者だと思われて、連行されそうになっただけですよ」

確かに後宮を抜け出せば男もいるが、雨蘭は官舎には興味がないので寄り付かない。

宮中の見張りに立っている軍人はおじさんばかりだし、調理場では女性である光雲と萌夏以外とは、あまり関わらないようにしている。

「調理場の若い男と仲良くしてると聞いた」

（若い男？　光雲さんのことかな？）

雨蘭は料理を教えてもらうことはあるが、それ以上の関係ではないと告げると、明は溜め息をついた。

「縛りつけたいわけではないが、心配なんだ。お前は他人の好意にも、悪意にも鈍いから」

雨蘭の横にごろりと転がった明は、天井を見ながら「確かに今の後宮には楽しめる要素がない。昔のように後宮内の調理場を復活させるか？　畑もいるか……」とぶつぶつ呟く。

（明様、もしかして……私が他の男の人と仲良くしているかもしれないと思って、嫉妬してたの？）

今まで何も言われたことがなかったので、気にしない人だと思っていた。

雨蘭がお酒を飲んだ後の晩に、明の態度が変だったのも、嫉妬が原因だったのかもしれない。

「一応自分なりに、異性と関わらないように気をつけてはいたんですけど、配慮が足りなくてすみません」

「俺も大人げないことを言った。お前の方が不安になってもおかしくないだろうに。今は……母が心を病んだ理由が分かる気がする」

「そうですね。私も明様が他の女性と仲良くしていたら、ちょっと妬《や》いてしまうかもしれません」

雨蘭は明の方を向いてへにゃりと笑う。

ちょっとどころではない。身分と教養のある他の女性を正妻として後宮に迎えることになったら、仕方ないと理解はできても胸が痛む。

「――ですが、私は今とても幸せです。明様が私を大切に思ってくれていることが伝わってくるので、あまり不安にならないんだと思います」

雨蘭は上体を起こし、寝転ぶ彼の唇に自分から軽く口づけた。

「勉強だけでなく、こっちも頑張らないといけませんね」

不意打ちに驚いたのか、明は目を見開き、雨蘭を凝視している。

「灯りも駄目になってしまいましたし、そろそろ戻りましょうか」

火照る顔を手で仰ぎながら立ち上がろうとしたところ、雨蘭はぐいと引き寄せられた。

「もう少し」

明の腕の中、数度唇を触れ合わせてから、次第に口づけは深くなっていく。

必死に息を止める雨蘭に「鼻で息をしろ」と明は笑った。

「頑張るんだろ？」

「……、精進します」

ようやく解放された雨蘭は、肩で息をしながらどうにか答える。きっと顔も真っ赤に染まっていることだろう。

一方の明は飄々《ひょうひょう》とした様子で、何もない空間に向かって突然言葉を発した。

「おーい、見てるか？　あんたの嫌った息子は幸せにやってますよ。悔しいだろー」

「明様⁉」

「はは、良い気分」

明は優越感に浸った様子で笑う。

(明様、表情豊かになったなぁ。いや、前髪のせいで見えなかっただけかも)

廟にいた頃は無愛想、不機嫌、傲慢な大人の男という印象が強かったが、今は時折、子どもっぽい表情も覗かせる。雨蘭はそれが嬉しかった。

「帰るか」

「そうですね」

屋敷はしんと静まり返り、相変わらず幽霊が出てくる気配はない。

灯りがない中、探るように来た道を引き返していると、かさかさという音とともに鼠《ねずみ》が飛び出してくる。これには明の方がぎょっとしていた。

「驚かないんだな」

「音が明らかに鼠でしたから。殺《や》りますか？」

「殺らんでいい」

害獣駆除ならお手のものだ。きりっとした顔の雨蘭に、明は呆れたように言う。

折角の特技を見せられず、残念に思う雨蘭だったが、項垂れた拍子に視界の端で何かがきらりと光った。

「髪の毛……女性のもの？」

丁度、高い位置にある格子窓から、外の光が差し込む場所だった。

雨蘭は床に落ちていた長い白髪を拾い上げる。よく見ると、近くに同じような髪が二、三本落ちている。

長さと色からして、雨蘭のものでも、明のものでもない。定期的に掃除に入っていると思われる女官のものだろうか。

「考えられるのは幽霊というより侵入者だな」

「でも、わざわざ夜の屋敷に侵入する人なんていますか？」

「この場所に執着がある女官か、何も知らない盗人か……」

明は格子窓を見上げ、あの高さに手が届くかと雨蘭に尋ねる。

「助走をつければいけると思います。この角度だと、体を捻りながら跳ばないといけませんね。やってみましょうか？」

明は、あの場所から侵入が可能かを確かめたいのだろう。意図を察した雨蘭は試してみたくてうずうずする。

「やりたいのか……」

「はい、やってみたいです！」

前のめりになって顔を輝かせる雨蘭に、明が折れた。落ちそうになったら支えてくれるらしいが、その必要はないだろう。

廊下を使って助走をつけ、体を捻りながら踏み切る。

「よっと」

格子窓の下枠に手が届けば、あとはぐっと腕に力を入れて身体《からだ》を引き上げるだけだ。

「ほら、いけました！」

「猿だな」

雨蘭はそれを賞賛の言葉と受け取り、目の前の格子を観察する。

長方形を組み合わせた一般的な飾り紋様で、格子ごと外すのは難しそうだ。ただ、光を取り込むための構造なのか、中央の四角は比較的大きく枠取られており、ぽっかり空間ができている。

「ここ、細身の人なら通れますね」

雨蘭は身体をねじ込んでみた。思った通り、同じくらい華奢《きやしや》な女性か、肩を外す特殊な技を持った人物なら、ここを抜けられるだろう。

「おい！　雨蘭！」

心配する明の声が聞こえてくるが、雨蘭の関心は窓の外にあった。

（ふむふむ。ここからも後宮の外に抜けることができるんだ）

眼下には、一人分の体重をかけてもびくともしなさそうな太い枝があり、そこを辿《たど》って木の幹、そして反対側の枝に行きつけば、琥珀宮を囲む塀の上に降りることができる。

侵入避けの突起がついていない塀なので、乗り越えるのは容易だ。

その先は簡単。後宮の内外を仕切る壁と琥珀宮の塀の間に、人通りがほとんどない道がある。そこは林のように木が生い茂っているので、いつも雨蘭がしているように木を登り、壁を越えれば良い。

屋敷の中に戻るのも面倒だったので、雨蘭は木を伝って琥珀宮の裏庭に下りてみた。

（外と中の行き来はできそうだけど、何のために？）

女官は認められた用事さえあれば、後宮の外に出られたはずだ。わざわざ琥珀宮を経由する必要がない。

やはり盗人の仕業だろうか。それとも後宮に興味がある男の仕業か。

裏庭には小さな池があり、雨蘭は水面に映る満月をぼんやり見つめながら考える。

そこへ明が表の方から走って来た。

「大丈夫……だな」

「はい。このくらい、山での移動に比べたらなんてことないです」

「どんな険しい山なんだ」

「普通の裏山ですけど……」

ちょっとした山でも、道なき道を進むには崖を登ったり、沢を越えたりしなければならないが、彼の場合は馬が走れるような道しか通ったことがないのだろう。

それより今は、琥珀宮の幽霊騒動についてだ。

霊的なものではないことが分かった雨蘭は、すっかり元の熱意を取り戻していた。

「明様！　この件、私に調査させてください！」

「駄目だ」

明は眉間に皺を寄せて即答するが、雨蘭はめげずに交渉を続ける。

「廟の時はこき使ったのにどうしてですか」

「嫌な言い方をするな。あれには俺なりに考えがあってだな」

「後宮の敷地内に入れる人間は限られているのでは？　それとも明様は皇帝軍を立ち入らせるんですか？　私が適任だと思います」

雨蘭は胸元に手を当て、自信たっぷりの表情で言う。

「……女官に頼むなり、方法は考える」

歯切れの悪い返事に、雨蘭はもうひと押しだと思って畳み掛ける。

「女官たちは幽霊の存在を恐れていて仕事になりません。それに、国の威信？　にかけても、お花見会の前に解決すべきです！」

しかし、明は良い顔をしなかった。

「そうかもしれないが、他に任せる。お前は勉強に集中しろ」

「明様のケチ。気になって集中できませんよー」

明は困ったように笑い、雨蘭が膨らませた頬を潰す。

「可愛い顔をしても、駄目なものは駄目だ」

「分かりました。心配をかけないよう、個人的に情報収集するに留めます」

「……分かってなさそうだな。危険な真似はするなよ」

雨蘭はへへっと笑い、明とともに帰路についた。琥珀宮の門を出たところで、ここへ来ることになったもう一つの理由を思い出す。

「あっ。水を汲んで帰らなくちゃいけなかったのに、どうしよう……」

木桶は早々に砕け散ってしまったのだった。

＊

「雨蘭様！　なかなか戻られないので心配しました！」

翡翠宮に戻ると、門の中から雪玲が飛び出してくる。

「雪玲ごめん、木桶を壊しちゃって水を汲んで来れなかった……って、これは一体？」

翡翠宮の表には女官たちが集結していた。

彼女たちは皆、襷《たすき》で袖をまくり、中には長い木刀を持っている者さえいる。今から敵を迎え討つかのような出立だ。

「すぐに追いかけられなくてすみません。複数人で行けば怖くないと思い、準備をしていたところです」

雪玲は興奮しているのか早口に言う。

なるほど、幽霊相手に武力行使で解決しようとする発想は雨蘭と同じだ。

「確認してきたが、琥珀宮に幽霊などいない。それよりも侵入者に気をつけるように」

話に割って入った明を見て、雪玲をはじめとした女官たちはしばらく硬直する。

皇太子の帰還が早まったことを誰も知らなかったのだろう。

「かっ、かしこまりました。只今《ただいま》、食事と床の準備を！」

雪玲の裏返った声を聞いた女官たちは一斉に散っていった。

「おい、そこのお前」

明は群衆の後方にいた年配の女官を呼び止める。それは偶然にも、明が不在の間、雨蘭に嫌がらせじみたことをしていた峰だった。

「は、はい……？」

「お前に水汲みを任せる」

「私にですか？」

峰はきょろきょろ周囲を見回すが、他の女官たちは既に去ってしまっている。

命じられているのが自分だと分かると、彼女はさっと青ざめた。

「で、ですか、あそこには橙妃様の霊が……」

女官が皇族の命に背くなど言語道断。処罰に値すると分かっているだろうに、峰はがたがた体を震わせながら口答えをする。

明の眉がぴくりと動いたことに気づいた雨蘭は、彼が厳しい言葉を発する前に口を挟んだ。

「峰さん、よろしくお願いします。先ほど、ぐるりと屋敷の中を見てきましたが、幽霊なんていませんでしたよ。怒った明様の方がよほどおっかないかと」

怖がらせないよう、冗談めかしてにこりと笑ったのだが、もしかしたら今までの嫌がらせへの復讐《ふくしゅう》だと思われたのかもしれない。

峰はひどく怯えた様子で「殿下、それから雨蘭様。大変申し訳ありませんでした」と平伏《ひれふ》したのだった。

三

好奇心旺盛。興味を惹《ひ》かれたことに、とことんのめり込んでしまうのは、雨蘭の良いところでもあり、悪いところでもある。

（あれから一週間。全然話を聞かないけど、幽霊の正体は分かったのかな……）

偶然鉢合わせた明と琥珀宮の探検をしてからというもの、雨蘭は休憩するたび、幽霊の正体についてを考えていた。

「雨蘭様、寝所でお休みされてはどうですか？」

椅子の背にだらりともたれかかっている雨蘭に、雪玲は提案する。

時刻は申《さる》の頃、梅花は既に、彼女が暮らす殿舎に戻った後だ。

「大丈夫。少し休憩したらまた勉強に戻るよ」

「無理なさらないでくださいね」

初めの頃は、雨蘭が抜け出さないよう目を光らせていた梅花と雪玲が、最近ではしきりに休憩を勧めるようになってきた。

朝から晩まで、起きている時は常に勉強している雨蘭のことを、心配してくれているのだろう。

（でも、勉強に集中していないと、今すぐにでも幽霊の調査に行ってしまいそうで！）

調査の件は明に頷いてもらえなかったので、雨蘭は一応約束を守って大人しくしている。女官に話を聞くなど、細々とした情報収集は行っているが、今のところ有力な情報は得られていない。

（明様も忙しいみたいで全然後宮に来ないし、なんだかつまらないなぁ）

久しぶりに抜け出して、調理場にでも行ってみようか。少し覗きに行くくらいなら構わないだろう。

そんなことを考えながら背中を伸ばしていたところ、視界の隅を雪玲がすっと横切った。それがなんとなく気になり、彼女の行く末に視線を向けると、部屋の外に険しい表情で佇む女性がいた。

白髪交じりの髪をきっちり結い上げ、ぴりりとした空気を纏《まと》っている彼女は間違いない。女官長の莉棠だ。

雨蘭は雪玲を追い抜かす勢いで、女官長の前に躍り出る。

「女官長、お久しぶりです！　お元気でしたか？」

女官長は騒々しい雨蘭に冷ややかな目を向け、しばらくしてからようやく口を開いた。

「……おかげさまで元気にしております」

「今日はどうしてこちらへ？　ずっとお話をしたいと思っていたのですが、なかなかお会いできなくて残念です」

　雨蘭は、お花見会に向けて勉強していること。皇太子妃としての振る舞いを、かつて橙妃に仕えた女官長にも教えてもらいたいことを矢継ぎ早に告げるが、何を言っても女官長の反応は薄く、やはり嫌われているのかもしれないと思えてくる。

　それでもめげない雨蘭は、女官長の「お話はそれだけでしょうか」という言葉にはっとして、もう一つ伝えたいことを付け加えた。

「雪玲のことをあまり叱らないでやってください。この子が何か失態を犯したというのなら、その責任はたぶん未熟な私にあるんです」

「……。叱るべきことがあれば、私は誰に対しても叱ります」

「私に対してもですか？」

「ええ」

「ではたくさん叱ってやってください！」

　女官長は目を輝かせる雨蘭に呆れたようで、ふぅと短く息を吐き出して答える。

「貴女の場合、何から叱って良いのか分かりません。そして、何か思い違いをされているようですが、今日は叱ろうと思って雪玲を呼んだわけではないですよ」

　今までで一番長い答えだった。内容よりも、たくさん喋ってくれたことが嬉しくて、雨蘭の笑顔は一層輝きを増す。

「そうだったんですね！　勘違い、失礼しました」

女官長はそれ以上雨蘭を相手にしようとはせず、雪玲を連れて行ってしまったが、しばらくすると雪玲だけが部屋に戻ってきた。

「お帰り。何だった？」

顔に出やすい彼女のことだ。褒められたのなら嬉しそうにしているだろうし、怒られたのなら落ち込んでいるだろうが、普通にしていることからして、特に何もなかったのだと悟る。

「莉榮様、翡翠宮に戻られるらしいですよ。琥珀宮の幽霊話で女官たちの士気が落ちているので、莉榮様が直接切り盛りするようです」

「そっか。今度こそ仲良くなれると良いなぁ」

雨蘭が何気なく呟くと、雪玲はくすりと笑った。

「叱ってくださいと言われた時の莉榮様といったら。あんなに困惑した顔を見るのは初めてです」

「女官長はいつもあんな感じなの？」

「そうですね。元々社交的な性格ではないと思いますし、立場を考えてああして振る舞っているのかと。新人のこともよく気にかけてくださる、面倒見の良い方ですよ」

時折、雪玲を呼び出しているのも、指導のためだけではないらしい。

「莉榮様自身が過去に苦労された分、お妃さまのそば付きをすることになった私のことが、気がかりなのだと思います」

（そうか。雪玲にとっての私が、女官長にとっての橙妃様なんだ）

それは心配になるだろうと雨蘭は納得する。

「普通は、経験も器量も申し分ない女官がそば付きに選ばれるのですが、選ばれたのが新米の私だったので莉榮様も驚かれたと思います」

「明様が選んだんだっけ？」

「そう聞いています。面接の場にご同席されていたのかもしれません」

雪玲によると、雨蘭を迎えるにあたり、大規模な女官の採用試験が行われ、その後、経歴問わず一斉にそば付き候補の面接が行われたらしい。

雨蘭が参加すべき試験はそちらだったのではないかと頭をよぎるが、今更考えても仕方ないことだ。

「結局、幽霊の件は解決したのかな？」

「さぁ、そこまでは……。新しい目撃情報は出ていないので、もしかしたら解決したのかもしれませんね」

橙妃と縁が深く、後宮全体を管理する立場にある女官長なら、幽霊事件の顚末《てんまつ》を知っているかもしれない。

「女官長はまだ翡翠宮に？」

「いえ。この後、食事の件で調理場に行くと言っていました」

「分かった。ちょっと行ってくる」

次に顔を合わす時まで待っていられず、雨蘭は寝所に忍ばせてある女官服に着替えて翡翠宮を飛び出した。


（あれぇぇぇぇぇ！）

後宮を抜け出そうと木に登った雨蘭は、条件反射で太い幹に身を隠す。

（皇帝軍が見張ってる……何で⁉）

少し考えれば分かることだ。後宮の外から琥珀宮に侵入した痕跡があって、明が何の手も打たないわけがない。

後宮を囲む壁に沿って警備を強化したのだろう。きっと雨蘭の脱走防止のためではないはずだ。

警備に穴がないかを観察しようと顔を出すと、丁度、木の真下にいる軍人と目が合ってしまった。

「こ、こんにちはー」

雨蘭は苦笑いを浮かべて挨拶をする。

　壁の向こうに飛び降り、全力で走れば逃げ切れるかもしれないが、不審者が現れたと大騒ぎになってしまうこと間違いなしだ。

（これなら正規の道で、門番に交渉を持ちかけた方がましだったかもしれない）

　このまま連行されることを覚悟した雨蘭だったが、軍人は何故か「本当にお出ましになるとは……」と呟いた。

「あ！　もしかして、この前私を連れて行こうとしたおじさんですか？」

　四角形の顔に見覚えがある。確か香橙をつんでいる時に、雨蘭を不審者だと勘違いして連行しようとした軍人だ。

「……先日は大変失礼しました。人攫《ひとさら》いではなく、皇帝軍所属の林草と申します」

　男は名乗るとともに、膝につきそうなほど深く頭を下げる。

　規律に忠実で、厳しそうな人という印象があったが、今日は雨蘭に対して遠慮がちに見えた。

　もしかしたら見逃してくれるかもしれないと思った雨蘭は、取り敢《あ》えず聞いてみる。

「あの……私、調理場に行きたいんですけど、駄目ですよね？」

（結局大事になってしまったな……）

顔見知りだからといって、後宮からの脱走を見逃してもらえるわけがなく、軍を通して明に外出許可をとる羽目になってしまった。

雨蘭が抜け道を通ろうとした時にはそうするよう、明から指示が出ていたらしい。

明の承諾を得て後宮を出られたのは、使いを走らせてから四半刻《はんとき》後のことだった。それも、目的地である調理場まで軍人に付き添われてだ。

少し窮屈に感じるが、それでもこうして外出を許可してくれるところに、明の優しさを感じる。

「雨蘭！」

調理場に足を踏み入れると、見習いの指導をしていた光雲がこちらに気づき、話しかけに来てくれた。

同じ女性なのに背が高いうえ、足が長くてかっこ良いなと、雨蘭は歩いてくる姿に見惚れてしまう。

「久しぶり。しばらく来れないとは聞いていたけど、本当に姿を見せないから心配したよ」

「あはは、すみません」

立派な妃になるための勉強で朝から晩まで忙しくしています、とは言えないので、雨蘭は笑って誤魔化す。

「辛《つら》い思いはしなかった？」

「大丈夫ですよ。私、ちょっとやそっとのことで挫《くじ》ける人間ではありませんし」

胸元で拳を握った雨蘭を見て、光雲は瞬きを繰り返した後、眉尻を下げて微笑んだ。

「無理やり嫌なことをさせられてるとか、暴力を受けたとか、何かあったら僕に言うんだよ」

「お気遣いありがとうございます。本当に大丈夫です」

愛玩動物とでも思われているのだろうか。抱き締めて頭を撫でそうな勢いで光雲が近づいてくるので、雨蘭はじりじり後ずさる。

（光雲さん、どうしたんだろ。前から気にかけてくれてはいたけど、今日は一層圧が強いような……）

これまであまり気にしていなかったが、第三者からすれば二人は男と女に映るのだ。外には軍人が控えている。皇太子妃が後宮を抜け出し、若い男との逢瀬を繰り返していると思われないようにしなければならない。

とはいえ、あからさまに拒絶することもできず、雨蘭は困っていた。

「光雲さーん。職場で言い寄るのはやめてくださいよ」

にゅっと現れた萌夏が二人の間に割って入る。助かった、と雨蘭は胸を撫でおろした。

「言い寄るって……そんなつもりはないよ。ただ頑張り屋の彼女のことが心配で」

「そういうのが人を勘違いさせるんですって。この前も、新人を泣かせてたじゃないですか」

萌夏は玉杓子を振りながら光雲に説教を始める。

「何故それを……」

「同性の後輩ができて嬉しかったのに。辞めるって言ってましたよ」

「すまない。後で話を聞いておく」

光雲はバツの悪そうな顔をして項垂れる。

「そんなことをしたら余計に話がこじれます。もう少し自分の影響力ってのを考えてください」

萌夏からの追撃を受けた光雲は、益々体を縮こまらせる。

今の構図からすると萌夏の方が偉そうに見えるが、年齢も立場も光雲の方が上だ。そして光雲は度々、萌夏の失敗の尻ぬぐいもしてくれている。

（萌先輩、容赦ないな……）

間に入ってくれたことに感謝をしつつも、詰められて萎《しな》びた様子の光雲を、雨蘭は不憫《ふびん》に思った。

「そうだ。女官長――莉榮様を見ませんでしたか？」

雨蘭は用事を思い出して厨房《ちゆうぼう》を見回すが、それらしき人影は見当たらない。

「女官長なら少し前に帰ったよ。翠妃様の食事に不手際があって料理長と揉《も》めたんだ」

「ウチも聞いてたけど、あれは嘘を言った女官が悪いよ。お妃さまが庶民の料理を食べたがってるって言われたら、そうかーって思うじゃん」

萌夏がじとりと雨蘭の方を見て言うので、苦笑いを浮かべて「お妃さま自身は喜んでいたようですよ」と返事をしておく。

（そうか。きっと雪玲から話を聞いてここへ来たんだ）

後宮を抜け出すのに手間取ったせいで、女官長とはどうやら入れ違いになってしまったらしい。

「今日は新鮮な魚が入ったけど何か作っていく？」

忙しい時間だが、光雲は嫌な顔一つせず、食材と場所を与えようとしてくれた。

久しぶりの調理は魅力的だったが、夜食を作っても明は渡ってこないだろう。それに、三ヶ月間は料理を封印することにしているし、外では軍人が雨蘭の帰りを待っている。

「うーん、女官長に用があっただけなので今日は戻ります」

無駄足に終わってしまったが、久しぶりに二人と会話することができて良かった。

雨蘭がぺこりと頭をさげると、光雲は力なく笑う。

「残念。君が正式にここで働いてくれたら良いのに」

よく見ると、光雲の目の下にはうっすら不眠の痕跡があり、顔も以前よりやつれたようだ。

「光雲さん、少し痩せました？」

「そうかもしれない。料理長に任された、お花見会の献立のことを考えると、食事が喉を通らなくてね」

「光雲さんがお花見会のお食事を任されているんですね。楽しみです」

雨蘭は何気なく答えてから、自らの失言にはっとする。

「あっ、えっと、私は給仕をする予定で。今は礼儀作法の特訓中なんです！」

「そうか。お互い頑張ろう」

「はい！」

動揺した雨蘭は、明らかに不審な態度をとっていただろうが、光雲は追及することなく微笑んだ。

＊

「そこから帰るのですか……」

いつもの抜け道から後宮に戻ろうとする雨蘭を前にして、同行してくれていた軍人も、壁を護る林草という男も狼狽《うろた》えていた。

どうやら戻る際の対処法は教えられていなかったらしい。

「女官たちにあまり外出を知られたくないので、ここを通らせてください。今日はお騒がせしました」

雨蘭は助走をつけて壁を蹴り上げ、丁度良い位置に垂れた枝を掴むと、障壁を一気に乗り越える。

あとは後宮側に生えた木の枝と、幹を伝って地面に下りるだけだ。

後宮内を散歩していただけのような、涼しい顔で翡翠宮に戻ろうとしたところ、少し先の表通りを小さな提灯を持った女性が横切った。

灯りがなければ心もとない時間帯のせいか、女性の方は暗がりを歩く雨蘭には気づかなかったようだ。

（今のって女官長だよね。この方向は……もしかして琥珀宮？）

女官長と琥珀宮という組み合わせに、心くすぐられないはずがない。

雨蘭は目を光らせ、相手に気づかれないよう慎重に後を追う。

女官長の行き先はやはり琥珀宮だった。しかし彼女は建物の中には入ろうとせず、裏手にある庭へと回り込む。

草を刈るわけでも掃除をするわけでもなく、女官長は腰を曲げ、灯りで地面を照らして何かを探しているようだった。

建物の影に隠れてじっと様子を窺っていた雨蘭だったが、一向に進展が見られないことに痺《しび》れを切らし始める。

(探し物ならむしろ私も手伝った方が良いのでは⁉)

そう思った雨蘭は、女官長の前に姿を現す。

「女官長。何を探されているんですか？」

「雨蘭様、何故ここに。それにそのお姿は……」

彼女は特に取り乱すことなく、女官服姿の雨蘭を不思議そうに見つめた。

「これには色々事情がありまして……。あっ、明様の許可はとってあります！」

(明様は私が琥珀宮に赴くとは思ってないだろうけど……)

女官長は短く息を吐くと、姿勢を正して雨蘭に問う。

「私に何か御用ですか？」

「えっと、あの、以前からよく、ここを訪れていたのでしょうか？」

何から聞いて良いのか分からず、遠回しな質問をした雨蘭だが、女官長は全て見透かしたかのように淡々と答えた。

「幽霊の正体が私かと聞きたいのですね」

「は、はい」

「そうであるとも言えますし、そうでないとも言えます」

「と言いますのは？」

珍しく曖昧な返事をするので雨蘭は説明を促す。

「二度目の噂の原因は私でしょう。ここを訪れていたところを若い女官が見かけ、勘違いしたようです。しかし、最初の噂は私ではありません」

「では一体誰が」

女官長は一呼吸置き、琥珀宮の建物を見てから口を開く。

「初めは噂を信じていましたが——どうなのでしょうね。橙妃様の霊だというのなら、一目お会いしたいものです」

彼女はこの前、明が見せたような、昔を懐かしむ顔をする。雨蘭に向ける表情よりも穏やかで、橙妃のことを大切に思っていたのだろうと感じる。

「橙妃様は女官の皆さんに慕われていたのですね」

「……我々には彼女の苦しみがよく分かるのです。幸せになっていただきたいと、そればかりを願っていました」

女官長はそう言って目を伏せ、話を続けた。

「生を手放されたことで、苦しみから解放されたのだと思うようにしてきましたが、彼女の側仕えとして、もっとできることがあったのではないかと……」

彼女の声は心もとなく、尻すぼみになって消えていく。

雨蘭は女官長のかじかんだ手をそっと握った。

「親身になって支えてくださる方が側にいたことは、橙妃様にとって大きな救いだったと思います」

当時のことも、橙妃の苦しみも、想像するしかない雨蘭は完璧に理解できているとは思わないが、同じ妃という立場からして橙妃はきっと、寄り添ってくれた女官たちに感謝していたと思う。

けれど、彼女が心から欲したのは女官たちの支えでも、息子の誕生でもなく、夫からの愛だったのではないだろうか――。

雨蘭は明との交流が断たれた、もしもの世界を想像して不意に泣きたくなった。自分は強いと思っていたが、そうではなかったのかもしれない。

「雨蘭様、ありがとうございます。……私の態度が冷たいことを気にされていると、雪玲から伺いました」

「私が未熟なせいですよね」

「いえ。淡白なのは元からの性格です。貴女を避けてきたのは雪玲に自主性を持たせたかったこともありますが、私は心のどこかで、再び誰かにお仕えすることを恐れていたのかもしれません」

女官長は自分がつれない態度をとっていたことで、一部の女官を勘違いさせ、雨蘭に嫌がらせが向いてしまったことを謝罪した。そして「未熟なのは私の方です」と静かに言う。

「そんなことはありません！　莉榮様は女官長に相応しい立派な方だと思います！」

雨蘭は握った手に力をこめる。女官長は目を丸くし、それからふっと微笑んだ。

「貴女も翠妃の名を継ぐに相応しい、立派なお妃さまだと思いますよ」

「ありがとうございます！　女官長にそう言っていただけて、本当に嬉しいです！」

まさか認めてもらえると思っていなかった雨蘭は、ぱあっと顔を輝かせる。

勉強すればするほど、果てしなさを感じて不安になっていた雨蘭にとって、飛び跳ねたくなるほど嬉しい一言だった。

「あの、そろそろ手を……」

「あっ、すみません！」

雨蘭は握りしめていた手を放し、気になっていたことを尋ねる。

「女官長は何故琥珀宮に？　お仕事ですか？」

「管理のために訪れることもありますが、幽霊の噂を聞いてからは、橙妃様の琥珀を探していました」

「橙妃様の、琥珀？」

琥珀というのは琥珀宮ではなく、宝玉のことだろうか。

宝玉だとしたら、琥珀は虎が死んで石になった姿で、それを森で見つけた者は一生贅沢な暮らしができると言われるほど高価な代物だ。

雨蘭もかつて、一攫千金《いっかくせんきん》を夢見て森を探し回ったことがある。

「橙妃様が生前大事にしておられた、旦那様から贈られた宝玉です」

「それが何故庭に？」

「自死を選ばれる少し前のこと。自ら庭に捨てたと仰っていました」

女官長は淡々と述べるが、雨蘭は目が飛び出しそうなくらい驚く。

(ひえ～!!　なんて勿体無《もったいな》い!!)

夫から贈られた大切な物を投げ捨てるくらい、橙妃は精神的に追い詰められていたのだろう。とはいえ、貧乏人気質の抜けない雨蘭には信じられない行為だ。

(えっ。ということは、この庭のどこかにお宝が眠ってる？)

雨蘭は広々とした庭を見回した。草木生い茂る中から探し出すのは容易ではないが、それでも森を彷徨《さまよ》うよりましだろう。

「いや、でも、既に他の誰かが見つけて持って行ってしまったのでは？」

心の声が漏れていた。女官長はぴくりと眉を動かして言う。

「お捨てになったことを聞いたのは私のみ。誰かが見つけてくすねた可能性はありますが、極刑に処されてもおかしくない行いですね」

（極刑……。そういえば、宮中のものを勝手にとるのは禁じられてるって、林草さんが言ってたな）

あのまま連行されていたら、雨蘭は香橙無断採取の罪で、人知れず裁かれていたのかもしれない。無知ほど恐ろしいものはない。ぞっとしていると、女官長は静かに呟く。

「橙妃様の霊が出たと聞いた時、もしかしたら、琥珀を探して彷徨っていらっしゃるのではないかと思ったのです」

「なるほど、それでここへ……」

「夜だけでなく、仕事の手が空いた時間に来ています。丁度、定期的に巡視をするよう上から命が出ていますし」

女官長の説明に嘘はないと、雨蘭は直感的に思った。

彼女は後宮の中と外を自由に行き来できるはずなので、琥珀宮の抜け道を通る必要はない。

加えて、もし噂の原因が女官長にあるとしたら、後宮全体の管理を任されている立場にある彼女はそれなりの理由を述べ、とっくに事を収めているだろう。

「まだ幽霊の正体は分かっていないのですね」

「そのようです。目撃した女官は、庭の方に人らしき姿を見たと主張していますが、風に揺れる木と見間違えただけかもしれません」

雨蘭は腕を組んで考える。どうして調度品もない琥珀宮に忍び込むのだろうと不思議だったが、敷地のどこかに琥珀が眠っているとなれば話は別だ。

「もしかしたら、どこかで琥珀の噂を聞きつけた者が、忍び込んで探しているのかもしれませんよ」

宮廷の使用人にとっても、高く売ることのできる琥珀は魅力的なはずだ。

何かのっぴきならない理由——例えば、病で苦しむ家族のためにお金が必要だったとしたら、危険と隣り合わせだとしても血眼になって宝玉を探すかもしれない。

「真相はどうあれ、私は琥珀を見つけて、橙妃様の眠る場所に供えたいと思っています」

騒ぎになるといけないので、他の女官たちにはこのことを伏せるよう頼まれる。雨蘭は頷くとともに腕まくりをした。

「私も探します！」

「雨蘭様はお花見会の準備に集中ください」

「二人で探した方が効率が良いと思います。ひとまず、今晩だけでもご一緒させてください。勿論くすねるつもりはありません」

希少な石を一目見たいとは思うが、後宮入りを条件に、故郷へ十分すぎる支援をしてもらっている今の雨蘭には必要ないものだ。

女官長に止められるよりも早く、雨蘭は靴を脱ぎ、裾をたくし上げて観賞用の小さな池にじゃぶりと入る。

水深は浅く、くるぶしと膝の中間までしか水がこない。凍てつくような冷たさだったが、冬の洗濯をこなしていた雨蘭にかかれば、このくらいへっちゃらだ。

「雨蘭様……」

「こうなってしまっては手遅れですね」

額に手を当てた女官長を見て、雨蘭はへらりと笑った。

「そろそろ引き揚げましょう」

無言で宝玉を探し回った二人だが、先に諦めたのは女官長の方だった。

雨蘭はもう少し粘っても良かったが、夜よりも、日の出ている時間に探した方が良いのではないかと思い、素直に頷く。

「女官長はまた翡翠宮に戻ってくるんですよね？」

「幽霊騒ぎが落ち着くまで。少なくともお花見会が終わるまでは、翡翠宮に留まるつもりです」

彼女は切り株の面を手で払い、雨蘭に座るよう促す。

そのまま座って待つよう言われた雨蘭が、何事かと首を捻っていると、女官長は汲んできた井戸水で、泥だらけになった雨蘭の足を手際よく洗い始める。

「すみません。私、自分でやりますよ？」

「これが私どもの仕事です」

まるで幼子に戻ったような気分で恥ずかしかったが、女官長の言葉に甘えてありがたく任せることにした。

「ここだけの話、雪玲は私の姪《めい》にあたります」

「えっ、そうだったんですか!?」

女官長は、雨蘭の足を自らの袖を使って拭いながら、何の前触れもなく驚きの事実を口にする。

雪玲と女官長は顔も、性格も、あまり似ていないように見えるので、言われなければ親戚だと気づかない。

「他の者に知られると、雪玲が贔屓《ひいき》されているように思われるので伏せていますが、貴女には伝えておいた方が良いでしょう」

「もしかして、雪玲を度々呼び出していたのは……」

「心配してのことです。ただでさえ、新人のことは気がかりだというのに、身内となれば尚更」

相変わらず淡々と喋る女官長だが、見た目とは裏腹に、とても優しい人なのだと雨蘭は思う。

「雪玲は明様が選んだのですよね？」

「ええ。話を聞いた時には倒れそうになりましたよ。まだ未熟だとお伝えしたのですが、それで良いと」

この部分だけを聞くと、まるで明が少女好きのように思えるが、まさかそんなわけはなく、雨蘭と相性が良いだろうということで選ばれたらしい。

「今なら理由が分かります。貴女と雪玲はどことなく似ていますから」

靴を履いた雨蘭は、女官長につれられて翡翠宮へと戻る。

琥珀を探す時はまた誘ってほしいと頼んだが、女官長が頷くことはなかった。

第三章　運命をともに

一

恵徳帝の体調が優れないと聞いた時――いつものように大袈裟《おおげさ》に言っているだけで、どうせ腰を痛めたくらいだろうと明は考えていた。

しかし、皇帝の仮住まいで明が目にしたのは、龍涎香《りゅうぜんこう》が満ちた薄暗い部屋の中、生気の抜けた老人が横たわる姿だった。

明が視察から戻った頃に、容体は一層悪くなったらしい。これでは、あと一週間後に迫る花見会への出席は難しいだろう。

初めて見る祖父の弱々しい姿に、明は内心動揺していた。

（いつ死んでもおかしくない歳だ。こうなる日が来るだろうと分かっていたのに）

ずっと目を逸らしてきたのだ。

視察に同行した官僚から上がってきた対策案に目を通していた明は、疲労の溜まった目頭を指でほぐす。

　こんな時こそ雨蘭が側にいてくれればと、彼女の豊かな表情を思い浮かべた。

　琥珀宮で出くわして以来、雨蘭には殆ど会えていない。後宮まで渡る時間が惜しいと思うほど、明は職務と重責に追い詰められている。

（ここへ呼び寄せようか。いや、こんなにも情けない姿を見せるわけにはいかない）

　雨蘭は雨蘭で妃教育の仕上げに入り、忙しくしていることだろう。

　明は机に積み上げられた書簡と、法案書の塊を見て、深い溜め息をつく。

　皇帝の地位に就いたなら、この忙しさと日々向き合わなければならないと思うと憂鬱になるが、今は花見会までの山場を越えることだけを考えよう。

「殿下、お忙しいところ失礼します。至急の用件です」

　人払いをしている執務部屋に、側仕えが慌てた様子で入ってくる。彼に続いて、身支度を整えた梁もやって来たことから、ただ事ではないと察した。

「鏡華国第二皇子の使者が訪れ、皇太子殿下にお会いしたいとのことです」

「鏡華国からの使者？　どういうことだ。事前に連絡は受けていたのか？」

「それが……礼部にも確認しましたが、突然のことのようで……」

　明は思わず舌打ちをする。

「一体何を考えているんだ」

　花見会のことがある手前、無下に追い返すこともできやしない。

「下見と事前挨拶という建前かな。奉汪国を陥れるための罠《わな》かもしれない。気を引き締めてかからないと」

梁は口元に手を当て、考え込んだ様子でそう言った。

＊

鏡華国からの使者とは、身分が高い者と話す時に用いる、一番上等な謁見の間で対面した。これだけでも特別措置だというのに、衝立《ついたて》を外して明は顔を見せている。

こちらが訪問を求めている手前、使者に対しても尊大な態度をとるのは良くないだろう、との判断だった。

「突然の訪問、失礼しました。紫炎皇子殿下に仕える高辰《こうたつ》と申します」

高辰と名乗る男は若く見えるが、落ち着き払っており、場慣れしているようだ。余裕しゃくしゃく、口元にはうっすら笑みまで浮かべている。

「本日はどのような用件で？」

「こちらをお渡しするよう、仰せつかりました」

男は片膝をついたまま、側に置いてあった桐《きり》の箱を抱えて差し出す。

立ち会いの武官に中身を確認させると、酒一本が仰々しく詰められている。

「これだけのために来たのか」

口をついて出た明の言葉に、男は口元をにやりと吊り上げた。

「鏡華国で一番上等な白酒です。皇子の命に背けば首を刎ねられます故、私を助けると思ってお受け取りください」

これが首を刎ねられることを危惧する人間の表情だろうか。緩く弧を描いた男の赤い目に気圧されそうになる。

（この男は一体何者だ？）

使者と名乗る得体の知れない男に明が違和感を抱いている横で、梁は完璧故に、どこか胡散臭《うさんくさ》い笑顔を貼り付けて答えた。

「話に聞く通り、鏡華国は皇族の支配力が強いのですね。皇子殿下が奉汪国にいらしたら、きっと呑気な国だと驚かれることでしょう」

使者は俯いたと思ったら、紫の毒々しい髪を手で掻き上げ、くつくつと笑い声を漏らす。

「いや、失礼。皇子のことをよく分かっていらっしゃるなぁ、と思いまして」

「貴方の国では、そうして皇族の前で不用意に笑いでもしたら、不敬罪で即刻始末されるのでは？」

「そうですね。やはりこの国は平和だ。素晴らしいことです」

梁の遠回しな嫌味に動じることなく、男は自分が上であることを示すかのように、余裕たっぷりの顔で言う。

「しかしこのところ、奉江国では幽霊騒動が起きていると聞きました。警備の人数を強化するよりも、質を上げた方が良いのではないでしょうか」

短気な明は不躾《ぶしつけ》な男に逆上しそうになるが、それを見透かした梁が「抑えて」と耳元で囁《ささや》いた。

「ご指摘をありがとうございます。皇子殿下を迎える前に、至らぬ点に気づくことができて助かりました。ところで、皇子は既に都を発《た》たれたようですね」

「ええ。国境付近の都市まで下りています。お伝えしていた通り、数日後には奉江国に入りますよ」

梁と使者は互いに嘘くさい笑みを浮かべ、当たり障りのない会話をして腹の探り合いを続ける。

張り詰めた空気の中、先に引いたのは使者の方だった。

彼は膝をついて礼をすると、「花見会で何も起きないことを祈るばかりです」という不穏な言葉を残して謁見の間から出て行った。

「何だあの男は。鏡華国にはろくな人間がいないな」

扉が閉まった瞬間、明は悪態をつく。あの時、梁が止めなければ男を摘《つま》み出《だ》すよう命じただろう。

いくら奉江国が寛容でも、あからさまに侮辱されて黙っているわけにはいかない。

「噂に違わぬ男だったね。まさか護衛もつけず、使者のふりをして堂々と会いにくるとは……」

隣に立つ梁から物憂げな溜め息が聞こえてくる。

「……まさか、あれが第二皇子ということか？」

にわかには信じがたいが、梁の言葉の意味が分からないほど疎くもない。

あの不躾な使者の正体が、鏡華国第二皇子の紫炎であるとしたら——確かに梁と同じように溜め息をつきたくなる。

「物を差し出す時、顔を上げたままだっただろう。鏡華国であのような仕草が許されるのは皇族のみだ」

「単に俺たちを下に見ていただけじゃないのか」

「普段禁じられていることをするには相応の覚悟が要る。彼の仕草は迷いなく自然で、頭を下げて物を手渡すなんてことを、考えたこともなさそうだった」

梁には確証があるようで、その後のやりとりからしても間違いないと断言する。

（だからあの時止めたのか）

知らずとはいえ、大国の皇子相手に明が苛立ちをぶつければ、後に奉江国をゆする格好の材料になっただろう。

「彼はたぶん、僕が正体を見抜いたことに気づいていた。元から隠し通すつもりはなく、こちらの力量を測ろうとしたのだろうね」

「嫌な男だな」

人を嘲笑《あざわら》うかのように歪《ゆが》む、男の赤い目に感じたのは嫌悪以外の何ものでもない。

紫炎皇子を招いて花見会をすることにした恵徳帝の思惑が、良好な関係を築くことにあるのだとしたら、既に目的は破綻していると感じる。

「一つ気になるのは、こちらの状況を把握している口ぶりからして、宮廷内に彼に情報を流している人物がいると思う」

珍しく険しい顔つきで、梁は遠くを睨んでいた。明には見えないあれこれが、彼には見えているのだろう。

「間者か……官舎の人間か？」

恵徳帝のことだ。国の重要機密を扱う官舎に間者が紛れ込まぬよう、相応の措置をとってきたと思うが、長く公務をおざなりにしてきた明は実状を把握していない。

「幽霊騒動や警備強化のことなら、宮廷内に勤める人物なら誰でも知り得る情報だ。決めつけるのは尚早だと思う。ただ、帰り際の一言は恐らく宣告で、お花見会の場で何か一波乱起こすつもりだ」

　二人はしばらく黙り込む。

　紫炎皇子の接待が一筋縄ではいかないことは初めから予想できたが、その認識すら甘かった。

　下手な真似をすれば難癖をつけられて死者が出る。それどころか、国同士の全面戦争に発展する可能性もある。

（俺は、護ってやれるだろうか……）

　明は能天気に笑う雨蘭の姿を思い浮かべ、じわりと汗を滲ませる。これは彼女の強さでどうこうなる問題ではない。

　紫炎は恐らく、善良な雨蘭とは対極的な位置——悪意の沼底にいるような男だ。雨蘭の出自を侮り、彼女を攻撃の対象にする可能性は大いにあり得る。

「失礼します。以前調べるよう命じられた光雲という男の件ですが、皇太子妃殿下とは、男女の仲にありませんでした」

　側仕えの声に明はハッと我に返る。

　何故今、それも梁が見ているところで報告するのだ、と慌てた明は素っ気なく「後にしてくれ」と返す。

　しかし、いつもは大人しく引き下がる側仕えが、指示に背いて進言をした。

「少し気になる点がございまして、この機会に彼の身辺を調べられてはいかがかと」

「気になる点というのは何だ」

「彼の出身地とされている孫山《そんざん》は、北の国境に近いため、話す時の抑揚のつけ方が鏡華国に近いのです」

つまりは鏡華国の人間が素性を騙《かた》るのに、孫山は持ってこいの場所なのだという。

「また、光雲は仕事以外の時間は一人でいることを好み、集まりの場には姿を現さないとの報告もあがっています」

(怪しいな。雨蘭と親密にしていたのは情報を引き出すためだったか)

残念ながら、破天荒な皇太子妃からは、重要なことを何一つ聞き出せなかっただろうが。

「官舎以外も調べた方が良さそうだな。琥珀宮に出た幽霊というのも、間者に関係しているかもしれない」

「そうだね。この一、二年で人を増やした女官、料理人、警備……それから、宮中と外を行き来する人物は入念に調べた方が良いと思う」

梁の意見を聞いて明は腹を決めた。

「優先順位づけをしたうえで、宮廷に出入りしている全ての人間を調べさせよう」

花見会本番までに残された時間は僅かだ。一同は慌ただしく動き始める。

「皇帝軍と縁の深い丞相に頼むのが最善だろう。僕から至急、話をつけるよ」

「当日の進行と配置の見直しも必要だ。一度俺のところで考える。それが終わったら部屋に来てくれ」

梁と明はこれからのことを話しながら謁見の間を後にする。

今日も――いや、少なくとも花見会が終わるまでは、翡翠宮に足を運べそうにない。

＊＊

三ヶ月という時間はあっという間に過ぎ、気づけばお花見会当日まであと五日になっていた。

寒さは日に日に和らぎ、桃の花は間もなく見頃を迎えると言われている。

幽霊の正体は未だ明らかになっていないが、女官長が翡翠宮に戻ってきてからは新たな噂が立つこともなく、女官たちも幽霊のことを徐々に忘れ始めたようだ。

衣装合わせの真《ま》っ只中《ただなか》である雨蘭は、いよいよ勉強と特訓の成果を示す時が来たと意気込んでいた。

「ここへ来て、当日の流れや配置が変わるとはね」

礼部から届けられた巻子本に目を通した梅花の呟きに、雨蘭は肝を冷やす。

「もしかして覚え直しですか？」

「貴女は同席場面が短くなっただけよ。挨拶の後に一旦退出し、食事の際に合流することになるみたい」

当初は挨拶後の歓談にも同席予定だったが、その時間で重要な話し合いをすることになったため、人払いをするらしい。

これまでの練習が水の泡にならずにほっとする反面、そもそも雨蘭の同席は不要ではないかという考えが頭をよぎる。

「それならいっそ、私の出番を全て削ってくれたら良かったのに……」

「私もそう思うわ。けれど陛下が出席できなくなった手前、これ以上接待の人数を減らすことはできなかったのでしょう」

相手は奉江国よりも歴史が長く、圧倒的国土を持つ北の大国——鏡華国の皇子だ。奉江国の重要人物が出席していないとなると、心証が悪いのだろう。

それよりも気になるのは、陛下が出席できないという部分だ。

雨蘭が理由を尋ねると、梅花は憂いを帯びた声で体調が優れないようだ、と教えてくれる。

（翡翠宮で会った時、元気がないように見えたのは、気のせいじゃなかったんだ……）

しゅんと肩を落とす雨蘭を励ますように、梅花は厳しい言葉をかけた。

「それよりも自分の心配をなさい。まだ食事の仕方がぎこちないわ」

「箸の持ち方に慣れなくて」

雨蘭はへらりと笑う。食事のとり方は、翡翠宮に来た時から矯正を始めたが、箸を美しく持ち、少しずつお上品に食べるというやり方に未だ苦戦している。

「はい、できました」

この場にいること忘れるくらい、黙々と雨蘭の髪を結っていた雪玲が、満足げに完成を告げた。

「あら、良いじゃないの。雪玲は髪を結うのが上手いのね。私のも貴女にお願いしようかしら」

立ち上がった雨蘭を見た梅花は、珍しく素直に賞賛を口にした。

「本当だ。すごく上手！」

姿見に映した自身を見た雨蘭も、こぼれ毛なく複雑に結われた髪を見て、どうやったらこうなるのだろうと感動する。

髪飾りは控えめに、いくつか簪《かんざし》が挿されているだけだが、髪型自体が華やかなので気にならない。これなら転んだ拍子に髪飾りが転がる心配は無用だろう。

「昔から髪を結うことが好きで、母や姉の髪でよく遊んでいたんです」

二人に褒められた雪玲は照れくさそうに頬を染める。

「私もよく妹の髪を結ってあげようとしたけど、全然駄目だったなぁ……。お姉ちゃんは触らないでって言われる始末」

「貴女に細かい作業は向いてなさそうだものね」

「野菜の飾り切りができるくらいなので、特訓すればたぶんできます！」

きりりと返事をする雨蘭を無視して、梅花はお花見会当日に着る予定の襦裙《じゅくん》を上から下まで眺める。

「そのまま回ってみて頂戴」

雨蘭は言われた通り、その場でくるりと回った。春らしい柔らかな生地で作られた裾がふわりと宙に舞う。

廟にいた時に明が贈ってくれた桃色の襦裙よりも、白っぽく淡い色彩で、ところどころ花柄の刺繍が入っていて可愛らしい。胸元の垂れ下がる飾りも、桃の花を彷彿《ほうふつ》とさせて素敵だなと思う。

雨蘭の体に合うよう採寸してから作られているので、大きさもぴったりだ。

「問題なさそうね。汚さないうちに着替えてしまいなさい」

「えっ、もうですか」

少し残念に思いながらも、雨蘭は雪玲に着替えを手伝うよう頼む。

梅花は再び巻子本に目を落とし、じっくり読みこんでいるようだった。もしかしたら彼女の方に大きな変更が入ったのかもしれない。

「梅花さんは当日、皇子の接待役をされるんですよね？」

「ええ。お父様には危険だと猛反対されたけれど、私以上の適役は、この国にはいないでしょう」

屏風《びょうぶ》の向こうから、自信に満《み》ち溢れた答えが返ってくる。見えずとも、不敵な笑みを浮かべている梅花の姿が脳裏に浮かんだ。

「それに、それほど危険な男に貴女を対峙《たいじ》させて私は知らんぷりだなんて、教育係失格だと思うの」

彼女が続けてそう言った瞬間、雨蘭は今すぐ梅花に抱きつきたい衝動に駆られたが、下着姿になったところなのでぐっと堪えた。

しかし、梅花が「でも私、お花見会が済んだらここを出ていくわ」と口にしたので、雨蘭はついに我慢できず、薄布を纏っただけの状態で屏風の陰から躍り出る。

「えっ⁉　そんなっ、どうしてですか？」

「そんなに驚かなくても……。貴女はもう、私がいなくてもやっていけるでしょう」

「いえ。私はまだ、梅花さんがいないと……」

雨蘭は言いかけて口を閉ざした。

（梅花さんなしでやっていけるか不安だし、梅花さんがいなくなったら寂しいけど、そ

れで引き留めるのは違う気がする）

梅花は皇太子妃になることを有望視されていた良家のご令嬢だ。

彼女の厚意のもとに今の状況が成り立っているのであって、本来であれば雨蘭は彼女が元の生活に戻れるよう、早く独り立ちしなければならない。

「梁様のことは良いんですか？」

雨蘭が一番気になっていたことを尋ねると、梅花は一瞬ふと泣きそうな顔を見せる。

「諦めるつもりよ。家のことを考えるといつまでも我儘《わがまま》を言っていられないし、実家に戻ってお父様が選んだ人と結婚するわ」

梅花は目にうっすら涙を浮かべながらも気丈に述べる。どう見ても、親の決めた結婚を望んでいるわけではなさそうだ。

雨蘭の教育係から離れることは仕方ないにしても、好きな人まで諦めなければならないのだろうか。

「そんな……どうして急に……」

「……急ではないの。貴女が琥珀宮に乗り込んだ後だったかしら。梁様とお話しする機会があって、うっかり私が好きなのは梁様だと口にしてしまったのよ」

どうやら梁は、梅花が明のことを好いていると勘違いしていたらしく、気が動転して「私が好きなのは貴方です」と訂正してしまったらしい。

「それで梁様は何と？」

「ただ謝られただけ。要するに、気持ちには応えられないということよ」

「梁様はびっくりしただけかもしれませんよ。諦めては駄目です。これを機に、意識してくれるようになる可能性だってあります！」

明からの好意、明への好意になかなか気づくことができなかった経験から、雨蘭はそう言って梅花を励ますが、彼女は力なく首を横に振った。

「もう良いの。みっともなく縋《すが》って嫌われたくない」

「ですが……」

「この話はもう終わり。これ以上みじめな気持ちになりたくないの。今はお花見会をこなすことだけを考えさせて頂戴」

下着姿で呆然と佇む雨蘭の前で、梅花は巻子本をくるくる片付け始める。

「今日はもう部屋に戻るわ。貴女は愛しの御方にでも会いに行って来たら？」

梅花はすっと長椅子を立つと、雨蘭と目を合わせることなく出て行ってしまった。

（梅花さん、辛かっただろうに、今日まで悟られないようにしていたんだな……）

女官服を着せてもらった雨蘭は、後宮の門までの道をとぼとぼ歩く。

思い返せば最近、梅花はぼんやりしていることが多かった。

寝つきが悪いせいだと言っていたので、てっきり幽霊が怖くて眠れていないだけだと思っていたが、本当は梁のことで落ち込んでいたに違いない。

梅花の、梁に対する想いの深さを考えれば、振られたことでひどく傷ついたはずだ。

それでも今日まで何も言わず、いつも通り振る舞っていたのは、彼女の責任感の強さと矜持《きょうじ》故だろう。

以前の雨蘭なら、梁に直談判《じかだんぱん》しようと駆け出していたかもしれないが、人の恋路に首を突っ込むのはどうも違う気がする。どうして良いか分からない雨蘭の頭に浮かんだのは明だった。

きっと「本人たちの問題だ。干渉しなくて良い」と言うだろう。想像はついたが、一目会えないものかと雪玲を連れて出向こうとしていると――。

「な、何これ!?」

門の外に何人もの軍人が背中合わせで立っている。その様子を目の当たりにした雨蘭は、思わず叫んでしまった。この前、調理場に行かせてもらった時と、明らかに状況が異なる。

「お花見会に向けて厳戒態勢に入ったのでしょうか。昨日までこんなことなかったのに……」

隣を歩く雪玲も不思議そうに呟いた。

「あのー。明様に会いに行きたいのですが……駄目ですよね？」

とても許されそうにないと思いながらも、雨蘭は熊のように毛深い軍人に声をかける。

彼は確か、毒茶事件の時に事情聴取をしていた男だ。

あの時はお互い一歩も譲らぬ言い争いを繰り広げたが、今日の熊男は胸に手を当て、雨蘭に敬意を払う仕草をして答えた。

「皇太子殿下より、何人たりとも通さぬよう仰せつかっております。たとえ貴女様であってもです」

「誰も通れない……ということは、食事はどうなるんですか⁉」

思いつくまま純粋な疑問を口にした雨蘭に対して、熊男は「気にするところはそこか……」と言わんばかりの冷ややかな視線を向ける。

それでも丁寧な口調で返してくれるのは、雨蘭が今や皇太子妃であると知っているからだろう。

「調理場の者にここまで運ばせ、中の者に受け渡します」

「それなら飢えることはありませんね」

「はい。なので安心して翡翠宮にお戻りください。花見会までの間、外に出るのはどうかお控えを」

熊男は険しい顔で言う。このまま話していたら、また以前のような言い合いに発展しそうだ。

「分かりました。その代わり、明様に伝言をお願いできますか？」

雨蘭は承諾を得る前に言葉を伝える。

「お仕事最優先で。でも、できればお花見会までに一度お会いしたい、とお伝えください」

＊

熊男に言伝《ことづて》を頼んだ日の晩、雨蘭は少しだけ期待したが、結局明が現れることはなかった。

伝言を聞いた明が仕事を優先させたのかもしれないし、もしかしたら、忙しい明に配慮して伝えられなかったのかもしれない。

（仕事なら仕方ないよね）

自分に言い聞かせながらも、宮中にいるのなら、少しくらい顔を見せることはできるのではないか、と雨蘭は広い寝台の上で一人もやっとする。

会いに来ることもなければ、会いに行くこともできない状況には不満が募る。次に会えたら一言くらい文句を言おうと思ったが、自分の図々しさに気づいた雨蘭は溜め息をついた。

(やっぱり私は立派な皇太子妃にはなれないかもしれない……)

皇太子妃になれば、良いところに住んで、美味しいものを食べて、豪華な暮らしができるのだろうと憧れる者もいるかもしれないが、実際はとても窮屈で退屈だ。

行動は制限され、許可なしには宮廷の外はおろか、後宮の外にも出られない。日中することといえば勉強か読書、せいぜいできて札遊びだ。

それに、世話をしてくれる女官はたくさんいても、対等な関係を築くことは難しい。梅花が去ってしまったら、雨蘭は益々寂しくなるだろう。

これまで雨蘭が、後宮での生活をそれなりに楽しめていたのは、明が後宮を抜け出すことを容認してくれていたからだと痛感する。

貧しくても、田舎で畑を耕していた時の方が幸せだったかもしれないと、雨蘭は固い枕をぎゅっと握った。

もうしばらく明を待とうと思っていたが、いつの間にか眠ってしまっていたようだ。

カタンという小さな物音で目を覚ました雨蘭は、明がやって来たのかと淡い期待を抱いた次の瞬間、ぞっとする。

(明様……じゃない)

寝所の中に人の気配を感じるが、明がやって来たにしては静かすぎる。

（ど、どうしよう……まさかここへ来て橙妃様の霊が？　でも僅かに呼吸音と足音が聞こえるし、盗人か何か？）

侵入者はゆっくり寝台に近づくと、寝たふりを続けている雨蘭に語りかけた。

「雨蘭、僕だ」

「その声……光雲さんですか？」

女性にしては低い、鼻にかかった甘い声ではっきりと分かる。どうしてここにいるのだろう。

驚く一方、体を縛り付けていた恐怖心は消え、雨蘭はおもむろに上体を起こす。

「危害を加えるつもりはない。どうかそのまま静かに聞いてくれ」

光雲はいつものように穏やかな声で語りかけたと思ったら、衝撃の告白を始める。

「僕は鏡華国第二皇子の命でこの国に潜り込んでいる間者だ。本名は雹華《ひょうか》という」

「ええ⁉」

静かに聞いてほしいと言われたばかりなのに、雨蘭は思わず叫んでいた。

慕っていた人が、実は他国が送り込んだ諜報《ちょうほう》員だったと知り、冷静でいられるわけがない。

「悪い。叫ぶと人が来る」

光雲はさっと雨蘭の口を手で塞ぐが、大人しくなったのを見計らって放してくれる。

どうやら本当に、雨蘭を傷つけるつもりはないらしい。

「日ごろの行いのおかげで、ちょっとやそっとのことでは誰も来ないので、ご安心を」

雨蘭がそう言うと、侵入者は呆れた口調で「それもどうなんだろう」と言って笑う。

暗闇に目が慣れて、光雲が髪を結い上げ、女官に変装していることが分かった。

これが女性としての本来の姿なのだろうが、男装姿に見慣れた雨蘭には男が女装しているように思えてしまう。

「光雲さんは何しにここへ？　よく警備を抜けられましたね」

「以前からいくつか侵入経路を調べていたから。それでも何人か警備を伸すことになってしまったけど」

その言葉を聞いて雨蘭はピンときた。明と琥珀宮を見て回った時に見つけた侵入者の痕跡は、彼女のものではないだろうか。

「もしかして、琥珀宮の幽霊って光雲さんのことですか？」

「そう。僕としたことが女官に姿を見られてしまってね……。幽霊と思ってもらえたのは運が良かった」

あれほど騒ぎになった幽霊の正体が、思ったよりも呆気なく判明してしまった。

光雲が何故こうもあっさり白状するのか、理解できない雨蘭は「うーん？」と唸《うな》りながら首を傾ける。

「よく分からないという顔をしてるね。時間がない、手短に話そう」

光雲は雨蘭に忠告をしに来たのだと言う。

「僕をここへ送り込んだ張本人、第二皇子の紫炎は人を傷つけ、弄ぶことに快楽を覚えるおぞましい男だ。君はきっと、彼にとって格好の標的になるだろう。最悪命を奪われることになりかねない」

第二皇子が曲者《くせもの》だという話は以前から聞いていた。光雲の真剣な表情を見れば、冗談ではないことも分かる。

しかし、これまで悪人という悪人に出会ったことがない雨蘭は、話を聞いても紫炎という男の恐ろしさがいまいち理解できない。命を落とすことになると言われても、そうなる未来が想像できなかった。

「ここでの生活は窮屈だろう。君一人なら逃がしてやれるけど、どうする？」

緊迫した空気の中、光雲は静かに、けれどしっかりとした声音で言う。

調理場で話す程度の付き合いだが、これまで光雲が、誰かに対して不誠実な振る舞いをしたところを一度も見たことがない。

誰に対しても優しくて、雨蘭にとっては面倒見の良い兄であり、姉のような人だ。危機感が欠如していると言われればそれまでだが、何かの罠だとは到底思えなかった。

「私を逃がして光雲さんはどうするつもりでしょう」

「僕は間もなく皇帝軍に拘束されるだろう。この国で処刑されるか、その前に紫炎の放った刺客に殺されるかのどちらかだ」

自らの死を受け入れているのか、光雲は動揺した様子もなく、当然のことのように言ってのける。

厳重な警備の中、危険を犯して後宮に潜り込むことができるのも、既に逃走を諦めているからなのかもしれない。

「光雲さんが逃げるわけにはいかないんですか？」

光雲は一瞬固まり、それからふっと笑う。

「奉汪国にとって僕は大罪人だというのに、雨蘭。君は優しすぎる」

「私、光雲さんが悪いことをしたとは、どうしても思えなくて……」

ぎしり、と寝台の木枠が音を立てる。

光雲は雨蘭に覆い被さると、彼――いや、彼女は片手で雨蘭の首を軽く絞めた。

「世の中には救いようのない悪人もいるんだよ」

「光雲さんもそうなんですか？」

「あの男に支配されている限りは」

首に回された手に力はこもっていない。

口元は笑っているのに、泣きそうな目をしている光雲を前に、雨蘭は恐怖よりも悲哀の念にかられた。

救いようのない悪人を想像することは難しいが、鏡華国の第二皇子は彼女にこんな顔をさせる男なのだと思うと、はらわたが煮えくり返りそうになる。

怖がらせる演技をしてまで何故、敵国の皇太子妃である雨蘭を逃がそうとしてくれるのだろう。分からないが、何をされようと雨蘭の答えは揺るがない。

「ご心配をありがとうございます。でも、私はここに残ります」

その言葉が引き金となったのか、彼女は瞳に激情を宿し、突然声を荒らげる。

「皇太子は自由に生きてきた君をこんなところに閉じ込めて、挙げ句の果てに紫炎の玩《おも》具《ちゃ》にしようとしているんだぞ⁉　蛇の前に蛙を落とすようなものだ。君は捨て駒なんだよ！」

雨蘭は初めて見る彼女の一面に驚いたが、冷静に返事をした。

「明様はそんな人ではありません。それに、私を同席させるように命じたのは陛下です。何かお考えがあるのでしょう」

「考え？　あるとしたら孫の選んだ嫁が気に食わないとか、そういうことだろう！」

静寂の中、ふー、ふー、という荒い吐息がはっきり聞こえてくる。

（ああ、光雲さんは勘違いしているんだ）

調理場で度々、雨蘭の身を案じるような問いかけをしてくれていたのは、その頃からずっと、明のことを良く思っていなかったからだろう。

「光雲さん。私の大事な人たちを侮辱しないでください。皆さん、庶民出の私にも良くしてくださっています」

今は怒りの矛先が、恵徳帝や明に向いているようだが、彼女の真の怒りはそこにはないように感じる。

（光雲さんが本当に怒っているのはきっと――）

彼女を縛りつける紫炎皇子であるような気がした。

「それに、たとえ私がいいように使われていたのだとしても、明様や友人……この国を捨て、自分だけ逃げるなんてことはできません」

雨蘭は怒りで震える光雲の頬に、優しく手を添えて微笑んだ。明が雨蘭によくしてくれる、大好きな仕草だ。

「私はこの国と運命をともにします。これでも一応、皇太子妃なので」

「……君に僕のことを重ねて見ていたけど、違うんだね」

光雲はしばらく沈黙した後、雨蘭の首から手を放して寝台を下りる。

「行かなくちゃ。会えて良かった。君はもう立派な皇太子妃だよ」

寂しそうな顔で告げると、彼女は寝所から出て暗闇の中に姿を消した。

光雲が去って間もなく、後宮中に火が灯《とも》され、侵入者を捜索する騒ぎとなる。

騒動の渦中、雨蘭の身を案じた女官たちが飛んできたが、雨蘭は「また幽霊騒ぎですか?」と、とぼけたふりをして話を逸らしたのだった。

二

お花見会当日、緊張のせいか胃がきりきりと痛み、流石の雨蘭も朝食をお代わりしたいと思わなかった。

明とは勿論のこと、梅花とも朝から別行動で心細い。

茶室の裏部屋で待機する雨蘭にも外のざわめきが聞こえ始め、いよいよかと体を強張らせた。

(今になって光雲さんの忠告が効いてくるなんて……!)

雨蘭の発言、行動一つで自らの破滅はおろか、国同士の衝突を招くかもしれないと思うとぞっとする。

雨蘭は皇太子妃としてそつなく振る舞い、つけ入る隙を極力与えないようにしなければならないのだが、果たして自分にそんな芸当ができるのだろうかと不安になる。

(弱気になっては駄目だ。私なら大丈夫。絶対できる!)

付け焼き刃ではあるが、この三ヶ月間でありったけの教養を詰め込んだ。茶室での予行練習も幾度となく重ねてきた。全力を尽くしたのだから、それによって得られる結果は最善のはずだ。

　雨蘭は深く息を吸って心を落ち着かせる。

「ゆ、ゆ、ゆ、ゆ、雨蘭様っ！　皇子殿下が正殿を通られたとのことで、お出迎えのご準備をお願いします」

　すぱん、と開いた部屋の扉から入ってきた雪玲は、いつにも増して緊張しているのか、挙動がおかしい。

「雪玲、落ち着いて」

「おち、落ち着く、そうでした。側にいる女官がこんなんでは、雨蘭様まで不安になりますよね」

「いや、おかげで緊張が解《ほぐ》れたよ。ありがとう」

　呼吸が荒く、涙目の雪玲に、雨蘭は微笑みかけた。

　自分より緊張している人を目にすると、不思議と冷静になれる。雨蘭は小刻みに震える雪玲の手をとり立ち上がると、茶室の表口に出た。

　庭から戸口までの間には、鎧《よろい》をまとった皇帝軍の男たちが、ずらりと並んでいる。

　彼らが作った道の先に、雨蘭と、雨蘭の脇に女官長と雪玲が立てば、出迎えの準備は万端だ。あとは皇子の乗った輿が見えてから、皇子が茶室の中に入るまで、ひたすら頭を下げ続けていれば良い。

簡単な仕事だと自らに言い聞かせる雨蘭だったが、ほどなくして輿より先に現れたのは、紫色の髪を一つに結った背の高い男と、明が率いる集団だった。

（輿を先導する武官かと思ったけど、あの紫の人ってたぶん、鏡華国の第二皇子だよね……!?）

明の隣を歩く青年は、どことなく光雲に似ていた。偉そうな雰囲気と、派手な装束から例の皇子であるような気がして、雨蘭はさっと頭を下げる。女官長と雪玲も、雨蘭に続いて頭を下げた。

そして、一体全体どうなっているのだろう。茶室の案内をするはずだった梅花の姿が見えない。

正殿で皇子を出迎えた後、置いていかれてしまったのか、それとも彼女の身に何かあったのだろうか。

「女官長、集団の先頭を歩く紫髪のお方が、恐らく紫炎皇子だと思います。梅花さんの姿が見えないので、代わりに茶室の案内をお願いできますか？」

梅花の代わりを務められるのは女官長くらいだと思い、雨蘭は小さな声で囁く。

突然話を振られたのにもかかわらず、女官長は冷静に「かしこまりました」と答え、本来梅花が待機するはずだった玄関内にさっと移動した。

流石は女官長、長年後宮に勤めているだけあって頼りになる。きっとこれまでも、数多《あまた》の危機を乗り越えてきたのだろう。

「雪玲、落ち着いて。貴女は予定通り動けば大丈夫」

「は、はい！」

想定外の状況に緊張は高まるが、紫炎皇子とその取り巻きは、雨蘭たちの存在を気にも留めず目の前を通り過ぎていく。

それと同時に、明の足音も遠ざかっていった。久しぶりの対面だというのに、言葉を交わすことすらままならないのは残念だ。

「梅花はもうすぐ着くと思う」

人の流れがまばらになってきたところで、誰かが通り過ぎざまに呟いた。お辞儀をした状態の雨蘭には足元しか見えないが、声で梁だと分かる。

集団の中に梁もいるということは、正殿まで迎えに出た者たちは皆、ここまで歩いて来たようだ。奉汪国側が客人を歩かせるわけがないので、紫炎皇子が歩きたいと要望したのだろうか。

あれこれ考えているうちに人波は途切れ、代わりに輿を運ぶ音がずんずん近づいてくる。

馴染みのある白檀《びゃくだん》の匂いを感じた雨蘭がゆっくり顔を上げると、下ろされた輿の御簾がばかっと開いて、赤茶髪の美女が飛び出してきた。

「今どういう状況!?」

遅れてやって来た梅花は焦っているようだ。彼女の圧に思わず後退しつつ、雨蘭は今の状況を簡潔に述べる。

「皇子殿下ご一行と明様、梁様たちは既に中へと入られました。案内は女官長が代理を務めてくれています」

「最善の対応ね。それなら私が女官長の代わりとして入るわ」

梅花が「鏡!」と言うと、雪玲は条件反射のように懐から手鏡を取り出した。手際よく乱れた髪を整える梅花に、雨蘭は尋ねる。

「一体何があったんですか?」

「詳しいことは後で話すけど、皇子が舐め腐ったことを言って輿に乗るのを拒んだのよ。殿方は歩きでも良いかもしれないけど、私は無理でしょう?」

梅花の着飾った姿を見て雨蘭は頷く。

正装した時、特に底の分厚い靴を履いていては、少しの移動ですら困難を極めることを、雨蘭は身をもって理解している。

皇子を歩かせる手前、梅花一人だけ輿で移動するところを見せるわけにはいかず、出発が遅れたらしい。

「そろそろ私たちも入りましょう。発言できるのは殿下から紹介があってから。それまでは部屋の隅で待機。いいわね？」

「はい！」

梅花と合流したことで緊張が解れた雨蘭は、無敵の心地で茶室に足を踏み入れた。

＊

「奉汪国は本当にのんびりしていて良い国ですねぇ。宮中を歩いても襲われることがないなんて」

雨蘭が部屋の隅に座した頃、皇子は外の景色を眺めながら奉汪国を褒めていた。

そうでしょう、そうでしょう、と思いながらも雨蘭は口を開くことができない。

明からの紹介があって初めて、雨蘭は発言が許されるのだ。

「紫炎皇子殿下、本日同席する妃の紹介をお許しいただきたい」

明の仰々しい話し方に面白さを感じるが、雨蘭は笑わないように顔を強張らせ、部屋の隅で一度頭を下げた。

「ああ、お好きにどうぞ」

「雨蘭、挨拶を」

許可が出たので、皇子と明が向かい合って座る庭園側へ、雨蘭はゆっくり歩み出る。

練習のさ中、大股で歩いてはいけないと何度も怒られた場面だが、今日は完璧のはずだ。

明の隣に設けられた腰掛けの前まで進み、もう一度膝をついて挨拶をする。

この時は面を上げるよう皇子か明が指示するまで、雨蘭は頭を下げ続けなければならない。

(反応が……ない!!)

梅花には「一刻、一日、どれだけ時が過ぎようと、良しと言われるまで動いては駄目。即刻首が飛ぶわよ！」ときつく言われているが、まさか本当に許しが出ないとは。

このままでは足が痺れて動けなくなるか、居眠りをしてしまうかのどちらかだ。

雨蘭の苦悩を悟ったのか、沈黙の時間がしばらく過ぎたところで、明が許可を出してくれた。

「面を上げ、皇子に顔を見せるように」

ほっとして顔を上げると、皇子の赤い目がつまらなさそうに雨蘭の全身を観察する。

遠くから見た時は光雲に似ていると思ったが、共通しているのは身長の高さと一つに結った長髪くらいで、吊り上がった目や、底意地の悪そうな表情は似ても似つかない。

「ふぅん、これが明啓太子が迎えられたという庶民出の妃か。女官かと思ったよ」

皇子が雨蘭に対して初めて放った、記念すべき言葉がこれだ。

（うわぁ、偉そうな態度！　偉い人だから当然なんだけど）

よく見ると、皇子は肘掛けのついた座椅子の上で胡座《あぐら》を組んでおり、異国の宴席に招かれたにしては些《いささ》か寛《くつろ》ぎすぎのように見える。

雨蘭を「これ」と呼び、薄ら笑いを浮かべていることからしても、雨蘭を下に見ていることは明らかだった。加えて、彼の後ろに控える従者達も、好奇に満ちた目で雨蘭を見つめている。

それについて、雨蘭は特に何とも思わなかった。

大国の皇子とその従者が、庶民上がりの妃を蔑んだ目で見るのは当然のことだ。

むしろ、農民ではなく女官に見えていたのだとしたら、雨蘭としては大成功である。

それに皇子の偉そうな態度は、出会った頃の明を彷彿とさせ、ただひたすら懐かしい。

（明様も初めの頃は気安く名前を呼ぶな！　って感じだったっけ）

振り返ってみれば、明の正体を知らなかったとはいえ、あの頃の雨蘭はいつ処刑されてもおかしくない態度をとっていた。明がいかに寛大だったかが分かる。

「貶《おとし》められてもにこにこ笑って……言葉が分からないのか？　それとも阿呆《あほう》なのか？」

皇子は乾いた笑みを浮かべて雨蘭に尋ねる。

（えっ、にこにこなんてしてた!?）

表情筋が動かないよう、必死に抑えていたつもりだったが、どうやら昔を懐かしんでいるうちに、自然と笑みが漏れてしまっていたらしい。

流石に悪口を言われて喜ぶような人間ではない、と弁解したいのに、雨蘭は明の許可がなければ返事ができないのだ。

「恐らく殿下の発言を何かしら前向きに捉えたのかと。最近は、このくらい強い方が妃に向いているのではないかと思いますよ」

何も言えない雨蘭に代わって明が答えると、皇子の赤い目がぐにゃりと歪んだ。

「……強く折れにくい方が愉しい、というのは確かに一理あるかなぁ」

その言葉を聞いた瞬間、全身にぞっと悪寒が走り、雨蘭の本能は光雲の言っていた意味をようやく理解した。

(この人は私が今まで出会った誰とも、根本的に何かが違う)

人をいたぶるのが愉しくて仕方ない。そんな目だ。獰猛《どうもう》な野生の獣の方が、彼よりもよほど純粋な目をしている。

全ては彼の手中。粗相をしても、しなくても、彼の気分次第で物事が決まるのだろうと直感し、急に目の前が真っ暗になった。

息の仕方を忘れ、大量の冷や汗をかく雨蘭の横で、明はすっと手を上げ、背後に控える者たちに指示を出す。

「挨拶はこのくらいにして、軍事関係の話に移らせてもらいたい。梁、準備を。関係ない者は下がれ」

　本来であれば、挨拶を終えた雨蘭が席についた後、しばらくは歓談時間になるはずだったが、明は早々に次に移る判断をしてくれたらしい。

　雨蘭はどうにか一礼し、痺れる足を気合で堪えて退席しようとする。

「明啓太子はよほどこの女が大切と見た」

　肘をつき、ふんぞり返った皇子は愉しそうに笑う。

　険しい顔をして黙りこくる明の姿が、雨蘭の視界の端に映った。

（明様……）

　つけこまれないようにするためには「そうでもない」と言ってしまえば良いのに、明は答えを迷っているようだ。

（私がどう思うかなんて気にしなくて良いのに）

　退席を始めてしまった手前、歩みを止められない雨蘭は、背後から聞こえてくる会話に耳を澄ませる。

「今、話を巻いたのも、あれを俺の毒牙から護るためだろう？」

「……確かに、雑に扱っても構わないという意味では大切だ」

「いや違うね。見ていればすぐに分かる。どうなっても良いような女を、捨て駒として妃に置いているのかと思いきや、本当にこういう純朴そうな女が趣味なんだ」

「だから何だ。それで俺を煽《あお》っているつもりか？」

皇子の嘲笑うような発言に苛立ったのか、明はついに感情的な言葉を返す。

「はは。安心してよ、俺は子どもっぽい女には興味ないからさ。彼女の方が趣味だな」

声の響きで皇子がどこを向いたのかが分かる。部屋の隅に控えていた梅花の顔色が、さっと曇った。

「梅花とか言ったっけ。隣においでよ。別に女一人が残るくらい構わないだろう」

皇子の言葉には誰も逆らえない。

彼が雨蘭に残るよう言ったら、そうせざるを得なかっただろうし、梅花を指名したのなら、彼女は従わなければならない。逆らって機嫌を損ねれば、間違いなく悪い方向に進むからだ。

彼は既にこの場を掌握してしまっている。

(梅花さん、お気をつけて)

すれ違いざま、雨蘭は心の中で梅花に語りかけた。


「あ――、緊張した」

裏部屋に戻ってきた雨蘭は、大きく息を吐き出す。紫炎皇子の目に恐怖を覚えてからは、ずっと水中で息を止めているような心地だった。

雨蘭に続いて引き揚げてきた女官たちの顔にも、同じような疲労が浮かんでいる。

中でも雪玲は、目をうるうるさせて雨蘭の髪を直しにやって来た。

「雨蘭様が途中で怒り出さないか、見ていてひやひやしました」

「明様や梅花さんが軽んじられていることには腹が立ったけど、私が怒ったところで逆につけ入る隙を与えてしまうだけだから」

できるなら皇子の頬を一発叩いてやりたいが、彼はきっと、親にも叩かれたことがないだろう。

（梅花さん、大丈夫かな……）

心配だが、雨蘭が皇子の相手をするよりは確実にましなはずだ。

何事も起きないよう祈りながら、会食の時間を待つしかない。

＊

裏部屋に梅花がやって来たのは、雨蘭が退室してから半刻ほど過ぎた頃だった。

それまでの間、悲鳴や大きな物音は聞こえてこなかったので、話し合いはつつがなく進んだのだろう。

「先の件が間もなく終わるので、お食事の準備をお願いします」

梅花の一言で女官達は一斉に動き始める。雪玲も、調理場の様子を見てくると言って出て行った。

当初の予定では、話し合いの場に一人残った女官長が、頃合いを見て伝えにくるはずだったが、その役を梅花が任されたらしい。

彼女は伝達を終えると、その場にへたり込んだ。

「梅花さん、大丈夫ですか？」

「ええ。でもどっと疲れた……」

雨蘭は飲みかけのお茶を座卓に置き、梅花のもとへと歩み寄る。

「こちらへ。座って休憩してください。お茶やお菓子もありますよ」

「いえ、いいわ。少ししたら貴女も一緒に戻るわよ」

梅花は少しの移動も煩わしいようで、床に座り込んだまま動かない。

雨蘭は急須に残っていた、心を落ち着ける作用があるというお茶を、茶杯に移して彼女に渡した。

「話し合いは揉めることなく終わりましたか？　皇子に変なことはされませんでしたか？」

「西の地域を巡っての話し合いね……。揉めはしなかったけど、特に何の進展もなく終わったわ。想定通りでしょうけど」

渡されたお茶を一気に飲み干し、梅花は話を続ける。

「皇子はあの通り、私を使って奉汪国を煽りはするけど、今のところ触られたりはしていないわね」

「それなら良かったです」

雨蘭がほっと胸を撫でおろした直後、彼女はさらっと深刻なことを口にした。

「私を鏡華国へ嫁にやるなら、西への進軍を止めるらしいわよ」

「えっ⁉　それは絶対に駄目です‼」

「あの男はそうやって揺さぶって、私たちの反応を愉しんでいるだけよ。本気なわけないじゃない」

梅花はそう言って話を流すが、雨蘭は気が気でない。

（紫炎皇子は本気かもしれない……。だって、こんなにも美しくて教養に溢れる梅花さんを、殿方が放っておくわけないもの）

明と梁が少し特殊なだけだ。

梅花が連れ去られないよう見張っておかなければ、と雨蘭は思う。

「雨蘭様、梅花様、もうしばらくしたら配膳が始まるようです。そろそろお席にお向かいください」

息を乱して戻ってきた雪玲に促された二人は、顔を見合わせる。

あともう一山、会食を無事に乗り切ることができれば、三ヶ月に及ぶ妃教育の日々が幕を閉じる。

梅花が後宮を去るのは寂しいが、鏡華国に嫁に行ってしまうことに比べれば、大したことではない。

「梅花さん、立てますか？」

「私を誰だと思っているの。心配無用。貴女はせいぜい、食事を溢《こぼ》さないように気をつけなさい」

雨蘭が差し伸べた手をとることなく、梅花はすっと立ち上がった。一瞬でいつもの凛とした姿に戻るのは流石だ。

裏部屋を出た雨蘭は、外から漂ってくる食事の匂いで、ふと光雲のことを思い出す。

(そういえば、お花見会の献立は光雲さんが考えるって言ってたな)

大方、自分の関心がないことにはとことん無頓着な料理長が、鏡華国をもてなす料理に興味を示さず、光雲が考える羽目になったのだろう。

彼女は今頃どうしているだろうか。気になったが、再び皇子の前に戻ると他事を考えている余裕はなくなった。

＊

「桃花はこの国の象徴だったっけか」

雨蘭が席についた直後、庭園を彩る桃の花を見て皇子は呟く。

この数日のうちに気温は一段と緩み、桃の花は丁度盛りを迎えていた。

折角のお花見会だというのに、そういえば肝心な花を全く見ていなかったことに雨蘭は気づく。

（このまま何事もなければ良いけど……）

鏡華国側の内情を知る光雲が、皇子は何か企んでいると言っていた。

平穏無事に終わるとは到底思えない。今の穏やかな空気は、嵐の前の静けさのようなものだろうか。

そう思った直後、皇子は息を吐くように我儘《わがまま》を言う。

「梅花の席、俺の横に作ってよ」

「彼女には殿下への給仕をしてもらう予定だ」

「それは適当な女官にやらせて、彼女にも食事を準備してやって」

このくらいの我儘ならまだ可愛いものなのかもしれないが、朝から振り回されている明の顔には、くっきりと疲労の色が浮かんでいる。

（どうするんだろう……隣にいるのに何もしてあげられない……）

食事の用意があるのは皇子と鏡華国の従者、明と雨蘭、それから梁をはじめとした数名の文官たちのみだ。

内心はらはらしていると、背後に控えていた梁が明に耳打ちをした。明は軽く頷き、女官長に向かって指示を出す。

「莉榮、梅花の席を用意しろ。食事は梁のものを回すように」

それを聞いた皇子は満足げに笑い、席が準備されるまでの間、明との雑談を続ける。

「その後、皇帝陛下の調子はいかがかな？」

「医者によると、急激に悪くなったり、良くなったりを繰り返しているようだ。主催しておきながら同席できず面目ない」

「そうなると、太子が世を継ぐ日も近いだろうね」

皇子の言葉が気に障ったらしく、明は棘のある声で言い返す。

「どうだろうか。しぶとい人だから、あと数年は生きる気がするな」

「ああ、不幸を願っているように聞こえたなら失礼した。陛下の死は、奉汪国にとって大きな損失になるだろう。一日も早い回復を祈るよ」

言葉の裏を読むのが苦手な雨蘭だが、皇子が嫌味を言っていることなら、ひりついた空気と、明の険しい表情で察しがつく。

(この地獄のような時間は何⁉ お料理はまだなの⁉)

鏡華国側の従者は全く話に入ることなく、皇子の後ろに置物のように座っている。

奉汪国の従者たちも雨蘭同様、自由な発言は許されていないようで、静かな空間に皇子と明の不穏なやりとりだけが響いていた。

「間もなくお食事をお持ちいたします」

配膳開始を告げる女官長の声に雨蘭はほっとする。

ちらりと横見すると、いつの間にか毒味を行うための座卓も用意されていた。

皇族に食事を出す前には、必ず毒見が行われる。盛られた食事を少量ずつ取り分け、毒見役がその場で口にして、安全かどうかを確かめるのだ。

「試毒は奉汪国側で行っても構わないだろうか」

明は一言、皇子に確認をとる。

雨蘭が読んだ礼部の書物には、礼儀として食事に招いた側が毒味役の準備をするが、貴賓の意向を尊重すべしと書かれていた。

真に安全を確かめるのであれば、工作できないよう、自国の人間に毒味をさせるべきだろう。

「そうだなぁ。念のため、こちらから人を出そうか。おい、新入り。お前がやれ」

皇子に命じられた若い男は顔を強張らせ、それから怯えた様子で承諾を返す。

まさか毒見役をさせられるとは思っていなかった、という反応だ。

「鏡華国には試毒の専門家がいると聞いたが」

「連れてきていたんだが、道中ちょっとした不幸があってね」

皇子は薄ら笑いを浮かべ、若い従者は一層顔色を悪くする。何があったかは分からないが、不幸が示す意味は聞くまでもない。

結局、最初に運ばれてきた皇子と明のお膳は、それぞれの国の者が毒味をすることになった。

「どの食事も問題ありません」

「こ、こちらも問題ありません」

慣れた様子で淡々とこなした明の毒味役に対し、鏡華国の従者は、確かめ終わった後もぶるぶる震えている。毒を食さずとも今にも倒れてしまいそうで気の毒だ。

(それを見て笑っているこの男は、どういう神経をしているんだろう)

皇子は先ほどからずっとにやついている。人を陥れることや、人が怯える姿が好きなのだろうが、雨蘭には全く理解できない。

雨蘭の対になるよう、皇子の隣に座らされた梅花が、次第に囚《とら》われの姫のように見えてくる。

（梅花さん、必ず助けますからね）

そんなことを考えているうちに、毒味が終わったお膳が、皇子と明の前に運ばれようとしていた。

普段の食事には使われない、珍しい食材や香辛料の匂いがすることから、鏡華国の人間が好む味付けになるよう、光雲が献立を考えたのだと分かる。

宮廷料理は見た目も重要だ。どんな盛り付けにしたのだろうと、雨蘭は女官が運ぶお膳の中身をちらりと盗み見る。

（すごい、派手ではないけど、食材の淡い色彩が春を演出していて美しい……。あれ？でも、この匂いと、組み合わせって……）

とある料理の欠陥に気づいた雨蘭は、発言の許可をとるのも忘れ、反射的に声を上げていた。

「駄目です!! そのお膳をお出ししてはいけません!!」

叫びを聞いた女官はぴたりと動きを止め、一瞬、茶室の時が止まったかのような錯覚を覚える。

その間に自分の失態に気づいた雨蘭は、誰かに何かを言われる前に、まず無礼を詫《わ》びた。

「許可なく声を発したこと、急を要する状況でしたのでお赦しください」

「どういうことか説明してくれ」

明は内心焦っているだろうが、冷静な口調で発言を促す。

雨蘭もできるだけ平静を保つよう一呼吸置いてから、叫ばざるを得なかった理由を話し始める。

「お膳右奥のお椀《わん》に毒が盛られています」

「試毒では何の問題もなかっただろう。遅効性ということか？」

毒味役を務めた鏡華国の若い従者は、明の言葉を聞いて死にそうな顔をしているが、心配無用だ。なぜなら、この毒は、毒見役には害が出ないように盛られている。

「先ほど、毒味役のお二人はお椀の盛り付けを崩さぬよう、お汁だけを口に含みました」

明の毒味役がそうしたということは、作法としては正しいのだろう。

「ですが、その料理に使われている塵芥草と、蒸し肉の上に飾りとして載せられた枸杞《くこ》の実を、合わせて食べることで毒になるのです」

少し前に光雲が教えてくれたことだ。つまり、光雲はこの食べ合わせが毒になると知ったうえで、料理を出したことになる。

(でも、私が同席すると知っていて何故？　私に教えたことを忘れていた？)

皇子、もしくは明を毒殺したいのなら、雨蘭が気づかない別の方法があったのではないだろうか。これではまるで、雨蘭に気づいてほしいと主張しているようなものだ。

何故このような真似をしたのか、雨蘭には見当もつかない。

「へぇ。皇太子妃は食に詳しいんだね」

紫炎皇子の口元は穏やかな弧を描いているが、目は全く笑っていなかった。

「彼女はかつて、調理場で働いていたことがある。その時得た知識だろう」

本当は花嫁探しの間に、廟の調理場で勝手に働いていただけなのだが。明はそれらしい言い訳をした後、控えていた皇帝軍に指示を出す。

「この料理を考えた者を連れてこい。今すぐにだ」

「明啓太子。もし彼女の言うことが本当で、毒が盛られていたのだとしたら、国同士の関係を揺るがす由々しき事態だ。どう落とし前をつけるつもりだ？」

皇子の問いに対し、明は深刻な表情で「犯人を捕えて引き渡すか、相応の刑に処す」と答える。

それを聞いた皇子は声を上げて笑った。

「やはりこの国は生ぬるい。そんな周りくどいことをせずとも、料理人と配膳係を全て処刑すれば済む」

「……」

黙り込み、じっと何かを考える様子の明に、皇子は追い打ちをかける。

「できないと？」

悦に入ったような、皇子の愉しそうな表情を見て雨蘭はふと気づく。

（……もしかして皇子は、初めからこれを狙っていた？）

光雲は皇子が放った間者なのだ。ばれないように毒を盛れと、予《あらかじ》め指示を出すことができたはずだ。

明を毒殺したかったのだとしたら阻止されてしまったが、それでも尚《なお》、彼は自分が毒を盛られたという理由で奉江国を非難し、揺さぶることができる。

皇子の真の目的は、奉江国を引っ掻き回《まわ》すことにあるのではないだろうか。

「もしやこれは太子が仕組んだことだろうか？　そうだとしたら、何も考えてなさそうな嫁に台無しにされたわけだ。残念だったねぇ」

「俺は何も仕組んでいない。止められなかったら、知らずに食していただろう。単に調理場の人間が、食べ合わせで毒になると知らなかった可能性もある。調べもせず刑に処することは根本的な解決にならない」

「無知も立派な罪だ」

皇子は納得していない様子で、偉そうに言う。

明は煽りには乗らず、指で合図をして梁を呼ぶと、耳元で何かを伝える。

それを見た皇子が「次期皇帝は無能だな」と嘲笑ったので、ついに雨蘭の堪忍袋の緒が切れた。

思えば今日はずっと、大切な人たちが馬鹿にされるのを見て、黙って耐えてきたのだ。

雨蘭はすっくと立ち上がる。

「仕組んだのは貴方でしょう！」

「はは、ついに化けの皮が剝がれたな。無礼な庶民め、誰が発言して良いと言った？」

光雲のことは黙っているつもりだったが、こうなってしまった以上は仕方ない。雨蘭は皇子の脅しに屈することなく答える。

「無礼はどちらですか。庶民の出でも私は皇太子妃です。発言するために妃が、夫や客人の許可を求める法や習わしは、この国にはありませんし、貴方の国のやり方に従ういわれもありません」

奉江国は鏡華国の従属国ではない。国交関係を気にして強く出られないだけで、本来は、相手の言いなりになる必要などないのだ。それに、この男にごまをすったところで、ある日突然寝首を掻かれるだけだろう。

「この料理を考えた人物は鏡華国と密通していますよね」

「何のことだか。女のくせに口を挟むだけに留まらず、言いがかりをつけてくるとは」

言いがかりをつけているのはどちらの方だ、と雨蘭はしらを切る皇子を睨む。

「私、本人の口から鏡華国の間者であることを聞きました。食べ合わせで毒になると私に教えてくれたのもその人です」

それはつまり、間者が皇子を裏切ったことを意味する。このことを知った皇子は光雲を始末しようとするだろうが、奉江国にいる以上、すぐには手出しできないはずだ。

「雨蘭、退席しろ。危険だ」

「いえ、下がりません。たとえ危険であっても、この国を蹂躙《じゅうりん》するような真似は、皇太子妃として見過ごせません」

明の言うことを無視して、雨蘭は皇子の顔を凝視した。梅花が顔を強張らせ、いいから座りなさいと身振り手振りで伝えてくるが、雨蘭の気持ちは揺るがない。

黙って言うことを聞くのが立派な皇太子妃なのだろうか。身近な使用人たちが処刑されそうになっているのに、自分だけ安全な場所に逃げるのが、皇太子妃のすべきことなのだろうか。

――雨蘭は頷くことができない。

「今ここで首を刎ねられても構わないということだな？」

「恐怖で人を支配するのは止めた方が良いと思いますよ」

恐れを悟られないよう雨蘭は笑ってみせる。

まんまと煽りに乗せられた皇子は笑顔を引き攣らせ、横に置いていた刀を手にとり、立ち上がった。これは脅しではなく本気だろうと雨蘭は覚悟する。

けれど、それで良いのだ。雨蘭が傷つけられれば、奉江国が皇子に刀を向ける理由くらいにはなるだろう。

　自分一人の命で多くの使用人たちを救えるのなら、切り捨てられても構わない。

「はぁ……、お前に大人しく座っていろというのは無理な話だったな」

　明は溜め息混じりに笑うと、刀を手に立ち上がり、皇子に向かって宣告する。

「こいつに切りかかるようであれば、その瞬間俺がお前を叩き切《き》る」

　これを機に、互いの従者も刀に手をかけ臨戦態勢に入り、お花見会の場はまさに一触即発の状態となってしまう。

「明様、勝手な真似をしてすみません」

　雨蘭は皇子の動向を注視したまま、明に語りかける。

「いや、俺もそんなに気が長くないんだ」

　緊迫感に包まれた空気の中、茶室の戸がガラリと音を立てた。

「殿下、この者が料理に毒を盛ったと自白したので連れて参りました」

　空気を読まずにずかずか入ってきた皇帝軍の熊男は、そう言って平伏すると、連れてきた人物を叱りつける。

「こら、お前も頭を下げるんだ」

　彼が誰を連れてきたのか。音をあまり立てない静かな足音で雨蘭は察した。

「この料理を考えたのは僕です。もっとも、紫炎様はよくご存知だと思いますが」

雨蘭は皇子の視線を追うようにして、言葉を発した人物を視界に入れる。そこには叱られたのにも拘わらず、頭を下げることなく皇子を睨む光雲の姿があった。

牢《ろう》にでも入れられていたのか、光雲は腕を体の後ろで縛られ、すすけた姿をしている。顔も、以前にも増してやつれたようだ。

「証拠はどこにある？」

「書面でのやりとりはしていなかったので証拠はないだろう、と言いたいのですね」

光雲は冷ややかに笑って答える。

それを見た皇子は突然刀を抜き、光雲に切りかかった。雨蘭には予備動作のない突然の攻撃に思えたが、光雲はさっと後ろに飛んで刃をかわす。

「口封じのため僕を殺したいのでしょう。自分の非を認めたようなものです」

「俺は身の程弁えず、無礼を働いた者を始末しようとしているだけだ」

光雲はいつの間にか腕の縄を解いていた。滑り込むようにして皇子の第二撃をかわすと、呆然としていた熊男の刀を奪う。

「そうやって人を見下し、支配できると思っているところが、貴方の最大の弱点だと思いますよ」

料理をしている時以外の光雲を初めて見るが、彼女は男である皇子にも負けず劣らず身体能力が高く、剣の腕も立つらしい。刃を交える二人は互角に見えた。

「雨蘭、今度こそ下がれ」

刀を抜いた明が雨蘭を庇《かば》うようにして立つ。

斬り合いになってしまっては丸腰の雨蘭は邪魔になるだけなので、素直に従い、壁の方へと逃げた。

「殿下をお護りしろ!!」

「俺は良い！　それより妃と武器を持たない者たちを避難させろ！」

ぐあっ、という声とともに誰かが倒れる音がする。

明が切られたのかと青ざめる雨蘭だったが、どうやら皇子の助太刀をしようとした従者が、何故か皇子に切られたようだ。

「雨蘭様、ご無事ですか!?」

泣きそうな顔をした雪玲が駆け寄ってくる。

「その子はこんなところで死ぬような人間ではないわよ」

反対側からは梁に寄り添われるようにして、梅花が近づいてきた。

「梅花さん！　梁様も！」

「皇子の関心が君から逸れたのは不幸中の幸いだけど、厄介なことになったね……」

がちゃんと大きな音がしたと思ったら、ついに二国の従者が交戦を始めたようだ。

（このままではたくさん死人が出る……どうすれば……）

飛び交う怒号、座卓ごとひっくり返ったお膳、怯える女官たち——荒れた室内の様子を雨蘭は呆然と見回す。

「……先程、明に耳打ちされたことだが、間者の炙《あぶ》り出《だ》しをする中で、丞相なら既に証拠を摑んでいるかもしれない」

梁はそう呟くと、梅花の方を向いて話を続ける。

「梅花、丞相のもとへ確かめに行ってくれるだろうか。執務室の場所は覚えているね」

「承知しました。今度こそ迷子にならずに行ってみせます」

梅花は頷いた後、頭の大きな髪飾りを引きちぎるようにして外し、履き物を脱いだまま縁側から飛び出していった。

彼女らしからぬ大胆な行動に雨蘭は目を丸くする。梁は「君に感化されたのかもね」と言って微笑んだ。

「さて、僕らも退避しようか。そうでないと他の者たちが逃げられない」

主人たちを置いていけないと思っているのか、武器を持たない女官や文官たちもまだ茶室内に残っている。

「でも明様が！」

「ぐっ！」

呻《うめ》き声の後、どたんと大きな音がした。見ると光雲が、苦しそうな表情で床に転がっているではないか。

皇子に斬られたのか、腹を押さえる手の間からは赤いものが滲んでいく。

「あー、めんどくさくなってきたなぁ。全部消すか」

皇子は瞳孔が開ききった目で、刀を交える従者たちの方を振り返る。切っ先を血で濡《ぬ》らし、乾いた笑みを浮かべる姿はまるで人ならざるもののようだ。

「紫炎……刺し違えてでも僕がお前を消してやる」

大きな怪我を負っているというのに、光雲はよろよろ立ち上がった。

（光雲さん……傷が……。そんな状態では勝てっこないのにどうして……）

奉江国の人間は皆、逃げることを忘れて戦いの行方を見守る。

「いつの間にか偉くなったもんだな、雹華ぁ。母親殺しの落胤《らくいん》が、今度は兄を殺すか」

「都合の良い時だけ血の繋がりを持ちだすな。僕に家族は一人もいない！」

「そうだな」

光雲は皇子に向かって真っ直ぐ刀を突き刺しにいく。自ら斬られに行ったようなものだ。雨蘭は直視できずに目を瞑る。

「チッ」

皇子の舌打ちとともにキン、と金属音が響く。

「好き勝手暴れやがって」

明の声を聞いた雨蘭が恐る恐る目を開けると、光雲は床に伏せるようにして倒れており、いつの間にか彼女に代わって明が皇子と交戦していた。

「ふぅん、知略に欠けても、剣の腕はそこそこなんだ」

「そう言うお前はどちらもぱっとしない気がするけどな」

皇子の表情から先ほどまでの余裕が消えている。

剣術に疎い雨蘭でも、戦いの様子を見れば明の方が優勢で、皇子を押していると分かる。

(明様、剣術得意だったんだ……。はっ、今だ!)

二人が光雲から離れた隙を見計らい、雨蘭は彼女の側に駆け寄った。

梁と雪玲が声をひっくり返して「雨蘭！」「雨蘭様!?」と叫ぶが、雨蘭は窮地に現れ、助けてくれた光雲のことで頭がいっぱいだった。

「光雲さん、大丈夫ですか。しっかりしてください」

「雨蘭……僕なんか放って早く逃げろ。折角時間を稼いだのに……」

顔を顰めた光雲は、ゆっくりと上体を起こすが、喋るだけでも辛そうだ。

(お腹《なか》からの出血が酷い。少しでも止血をしないと)

雨蘭は飾りに巻いていた腰の布紐《ひも》を外し、光雲の腹にぐるぐる巻きつける。医者のもとへ運ぼうと、彼女をひょいと持ち上げたところに丁度、奉汪国の援軍が到着した。

「詰みだな」

明の低い声が聞こえてくる。

戦意を喪失したのか、明に追い詰められたのかは分からないが、跳ね飛ばされた皇子の刀がトンと床に刺さった。

「……はぁ。つまんねーの」

皇子は肩をすくめて両手を上げ、降参の素振りを見せた。途端に彼の従者も刀を下ろす。

（終わったの……？）

雨蘭は決着の様子を横目で見ながら、ぐったりとした光雲を援軍の中にいた林草に預ける。

「この方を今すぐ宮廷医のところへ連れて行ってください」

彼はひどく驚いた様子だったが、熊男に「早く行け！」と言われ、慌てて茶室を飛び出して行った。

「この国を舐め腐った結果だな。どう落とし前をつけるつもりだ？」

形勢逆転、明はニッと笑いながら、いつもの偉そうな口ぶりで皇子に尋ねる。

「分かった、分かった。今回の件は不問にしてやるよ。おい、帰るぞ」

皇子は大きな溜め息をついてから、この期に及んで、まるで自分には非がないような返事をした。そのまま戦闘で傷ついた従者を引きつれ、茶室を出ようとする。

「待ちなさい！」

皇子の前に一人の美女が立ちはだかった。

（梅花さん⁉）

裸足《はだし》のまま戻ってきた梅花は巻子本をばっと開いて見せつけ、高らかに宣言する。

「ここに貴方が間者を紛れ込ませていた証拠があるわ。宮廷勤めをする時に身元を確かめるこの帳簿に――」

「うるせぇな」

「きゃっ」

雨蘭が動くよりも先に、さっと梁が動いていた。

男の力で思い切り跳《は》ね除《の》けられ、ふらついた梅花を梁が抱き留める。そして、見たこともないような怒りの表情を浮かべて、梁は言い放ったのだった。

「どうぞお帰りください。今回の件で、鏡華国との軍事協調は難しいとよく理解しました。貴方様をお招きすることは金輪際ないでしょう」

「チッ、二度と来ねぇよ」

皇子は態度悪く、舌打ちをして出ていってしまう。

「梁様おっかない……」

「あんなに怒った梁は俺も初めて見るな」

背後から同意の声が聞こえてくる。

雨蘭はようやく普通に話すことができると、笑顔を咲かせて振り返った。

「明様！　先程はかっこ良かったです。助けてくれてありがとうございました」

「言いたいことは色々あるが後にしよう。怪我はないな？」

少し前まで刀を振るっていた、明の節くれだった手が頬に触れる。どうやらお叱りは後にしてくれるらしい。

「はい。空腹でお腹が痛いのを除けば、この通りぴんぴんしてます」

雨蘭が両の拳を握って元気を示すと、明は眉尻を下げてふっと笑う。

「良かった」

蕩《とろ》けるように優しい目で見つめられた瞬間、緊張の糸が切れたのか、雨蘭の体から力が抜けた。

怖かった。

紫炎皇子に刀を向けられそうになった時も恐ろしかったが、それ以上に、明が命を落としてしまうのではないかと思って怖かった。

「明様も、ご無事で何よりです」

いつの間にか手はカタカタと震えており、それを目にした明は雨蘭をそっと抱き締めてくれる。

「怖かっただろう」

「……はい」

厚い胸板に顔を寄せると、トクトクと心臓の音が聞こえて恐怖が和らいでいく。匂い、温度、肌触り、何もかもが愛おしくて、雨蘭も明の体をぎゅっと抱き締め返した。

これからしばらく、明はお花見会の後始末で忙しくなるだろう。だからあと少し、もう少しだけ、こうしているのを許してほしい。

春の嵐が過ぎ去った茶室で二人、抱き締めあって互いの無事を喜んだ。

三

「雹華のやつ、裏切りやがって」

数日かけて鏡華国に戻ってきた紫炎は、軍機所に向かって歩きながら、何度目か分からない恨みの言葉を口にする。

(間者の役目を果たせていない時点で始末しておくべきだった)

何故そうしなかったのか――。血の繋がりがあることに情を感じていたわけではない。

長年従順に言うことを聞いてきた雹華が裏切るはずないと、たかを括っていたのだ。

（俺が助けてやったのに、あの恩知らずめ！）

雹華は皇帝が下級女官に産ませた子だ。

子を孕んだ女官は皇帝によって秘密裏に後宮を追われたが、女手一つでは育てられないと雹華を連れて戻った母親は、子を残して自害した。

噂を聞いた紫炎は「子なんていくらでも産めるのだから捨てれば良かったのに」と呟いて乳母に叱られたものだ。

母親の死によって生かされた雹華はその後、獣同等の酷い扱いを受けながら宮廷の調理場で働かされていたが、遊び道具に丁度良いと紫炎が拾ってやったのだ。

男として生きることから、紫炎の世話、間者の役目まで、全て言われるがまま受け入れてきた雹華だが、奉汪国でぬるま湯に浸《つ》かってから、どうもおかしくなったらしい。

「奉汪国に配置している間者は全て処分しろ」

紫炎はともに奉汪国から引き揚げてきた従者に指示を出す。

「既に捕えられた者はどのように……」

「どうせろくな情報を持たせていない捨て駒だ。放っておけ。光雲という奴だけは、もし生きていたら、どんな手を使ってでも始末しろ」

「ですが」

「口答えは要らないんだよ!!」

激昂《げきこう》した紫炎は刀を抜く。

その瞬間、皇太子に言われた侮辱の言葉が脳裏に浮かび、煮えたぎるようなどす黒い感情が溢れてくる。

(この俺が頭も武術もいまいち、なわけないだろうが!)

使えない従者をこの場で切り捨ててやろうと思ったが、それを遮るようにして軍機所の建屋から、いけ好かない男が姿を現す。

「騒がしいと思ったら、随分早い帰りだな」

「……何の用だ」

鏡華国の第一皇子——青炎《せいえん》は、虫けらでも見るかのような目で紫炎を見る。

紫炎は昔から、真っ黒で感情の見えないこの男の目が嫌いだった。

同じ腹から、同じ日に産まれたはずが、順番の違いだけで全てにおいて青炎が優先される。

兄の方が優秀である事実、同じ性格破綻者のくせに上手く隠しているところ、そして鏡写しのような顔——この男の何もかもが気に入《い》らない。

「鏡華国の恥さらしめ。今回の件で、自分が井の中の蛙《かわず》だと分かっただろう」

「お前……謀ったな」

紫炎は兄の言葉で全てを察し、ピキリと青筋を立てる。

「謀る？　何のことだ？　父上はお前の将来を案じ、恵徳帝に相談したんだ。親心というやつだろう」

人に関心のない、淡々とした口ぶりがまた紫炎の苛立ちを助長する。

「今まで放っておいた俺にも責があるだろう。軍機処は俺が預かる。お前はしばらく牢で頭を冷やせ」

兄はぽんと紫炎の肩を叩くと、後ろに控えていた数名の男に、捕えて連れて行くよう指示を出す。

「くそがっ!!」

抵抗するが、相手は自分より立場のある男の配下。紫炎の従者たちは一切助けようとせず、多勢に無勢ではどうしようもない。

(明啓、それから青炎の野郎……この雪辱、いつか必ず晴らしてやる)

兄の配下に取り押さえられた紫炎は、血が滲むほど強く唇を噛みしめ、去りゆく男の背を睨んだ。

「梅花さん、本当に行ってしまうんですね」

お花見会が終わってから一週間と経たないうちに、梅花は後宮を引き揚げることになった。

雪玲と一緒に後宮の門まで見送りに出た雨蘭は、明るく元気に送り出さなければと思うのに、つい惜しむようなことを口にしてしまう。

「実家に戻るだけよ。時々暮らしぶりを確認しに来るから安心なさい」

少し短くなった髪を春風に靡《なび》かせ、梅花は強気に笑った。

とんでもないお花見会を経験したおかげで、失恋から立ち直ることができたのかもしれない。

彼女は迎えの牛車に颯爽《さっそう》と乗り込んだ。

「お元気で」

「会いたい時はいつでも呼ぶと良いわ。……友人なら当然のことでしょう？」

梅花は少し照れくさそうに言葉を付け加える。

雨蘭は驚きで目をまん丸にした。いつも「友人ではない」と否定していたあの梅花が、ついに認めてくれたのだ。

嬉しくて、嬉しくて、我慢していた涙がじわりと溢れてくる。

「梅花さぁん……」

「あー、もう！　雪玲、情けない主人の顔を拭いてやりなさい」

雪玲はどこからか取り出した布切れで、ぐしゃぐしゃになった雨蘭の顔を拭ってくれる。その様子を見ながら、梅花は困ったように笑っていた。

「じゃあ、行くわね」

「今まで本当にありがとうございました。これからも友人として、よろしくお願いします！」

雨蘭は進み始めた牛車に向かって手を振る。

（梅花さんのこれからの日々が、どうか幸せなものでありますように）

そう願わずにはいられない。

「梅花！」

門の向こうに梁の姿が見えた。

牛車の動きがぴたりと止まったと思ったら、慌てた様子の梅花が降りてくる。

初めは少し寂しそうな顔で梁と話していた梅花だが、梁に抱き締められてからは頬を染め、涙を浮かべて幸せそうな顔をしていた。

「雪玲、戻ろう」

「もう良いのですか？」

「二人の邪魔をしたら野暮ってやつでしょ」

あの様子、二人の仲は上手いこと、収まるところに収まったのだろう。

お花見会での梁の行動を思い返してみると、何ら不思議なことではない。

幸せで胸がいっぱいになった雨蘭は、雪玲とともに翡翠宮へと帰り、庭の御神木に手を合わせた。

陛下にこの場所を教えてもらって以来、毎朝手を合わせている。嬉しいことがあった時も、こうしてお礼を伝えるのだ。


お参りを済ませて部屋に戻ろうとしたところ、女官長と背の高い男性が翡翠宮の門を入ってくるのが見えた。

背格好と服装からして男は武官かと思いきや、目を凝らしてよく見ると、雨蘭の知る人物ではないか。

「えっ、光……雹華さん!?」

「雹華の名はとうに捨てた。光雲で良いよ」

「光雲さん、お体はもう良いのですか？」

「ああ。まだ安静にするよう言われているけどね」

倒れた時に頭を強く打ったことで意識が混濁していたが、出血のわりに腹の傷自体は深くなかったらしい。それでも傷口を針で縫ったのだと聞き、治療の光景を想像した雨蘭はくらっとしてしまう。

光雲とは話したいことがたくさんある。

雨蘭は女官長に頼み、部屋で二人きりにさせてもらった。

お花見会の食事に毒が盛られた経緯は、大方雨蘭の予想通りだった。

毒見役に悟られないように毒を盛れ、というのは皇子に命じられていたことだったが、光雲は敢えて雨蘭が気づくよう仕向けたらしい。

当日、既に間者の疑いで捕らえられていた光雲は、お花見会の場に乗り込むために、配膳の時間を見計らって自白したそうだ。

「上手くいくかは一か八かだったけどね」

「一時はどうなることかと思いましたが、丸く収まって良かったです」

人々が暴れまわった茶室は悲惨な状況で、大規模な改修が必要だと聞いたが、あの場で誰も命を落とさなかったのは不幸中の幸いだろう。

（ところで光雲さんはどうして後宮にいるんだっけ？）

茶菓子の胡麻《ごま》煎餅を頬張りながら雨蘭が疑問に思っていると、光雲は心を読んだかのように呟いた。

「そういえば、用心棒として置いてもらえることになった。雪玲とともに君につく」

「用心棒……ですか？」

聞きなれない言葉に雨蘭はきょとんとする。

「そう、雨蘭専属のね」

「光雲さん、すごく強かったですもんね!!　昔から剣術を？」

戦う姿を思い出した雨蘭が興奮気味に尋ねると、光雲は遠くを見つめながら困ったように笑う。

「昔から……そうだね。全て紫炎に仕える中で身についたことだ」

（しまった。過去にはもっと慎重に触れるべきだった）

何やら複雑な事情があるのはお花見会の時から分かっていたことだ。

「ああ、気になるよね。君には話しておかないと」

雨蘭が答えに迷っているのを察した光雲は、自ら生い立ちを話してくれる。

「血縁関係で言えば、僕にとって紫炎は腹違いの兄にあたる。もっとも、向こうは正妻の子。僕は女官が産んだ子だから、身分は天と地の差だけど」

母親が自害した後、光雲は使用人以下の扱いを受けながら、調理場で下働きをしていたのだという。食材に関する知識の多くはその時培ったものらしい。

「そんな僕に手を差し伸べてくれたのが紫炎だった。今思うと、あの時から彼にとって僕は都合の良い駒だったのだろう」

皇子は光雲にとって絶対的な存在で、生きるためには何を命じられても従うしかなかった。

「男として振る舞えと言われれば女を捨てた。汚いことにも手を染めたよ。厄介なことにあの男は、僕を洗脳するため、偶《たま》に優しいことを言うんだ。その度に信じてしまう僕も馬鹿なんだけどね」

光雲はそう言って自嘲気味に笑う。

「奉汪国に来てようやく、今までの暮らしが異常だったことに気づいた。叶うならこのままここで、光雲として生きたいと思ったよ」

いつか皇子に始末されるだろうと分かっていながら、光雲は当たり障りのない情報だけを鏡華国に流していたらしい。

「君が噂の皇太子妃だということはすぐに分かった。お妃さまが後宮の外をふらふら歩いているなんて、なんて国だと思ったね」

「それで色々心配してくださっていたんですね……」

なるほど、と納得する雨蘭の横で、光雲は突然膝をついて頭を下げた。

「僕は皇太子殿下のことを誤解していた。聡明《そうめい》で寛大、素晴らしいお方だ。以前、貶める発言をしてしまったことを謝罪したい」

本来であれば光雲の行いは極刑にあたるところ、用心棒として雇うという寛大な処置をしてくれたのも明なのだと言う。

「頭を上げてください。皇子の企みを阻止することができたのは、光雲さんが味方についてくれたからです」

主人を裏切る意思なら、お花見会の場で十分示されていた。生い立ちや、潜入の経緯についても既に調べがついているはずだ。光雲が寝返るのなら、奉汪国に利があると明は踏んだのだろう。

「……ありがとう」

「それに何より、明様が素敵な人だと気づいてくれたのなら嬉しいです！」

雨蘭はにぱっと笑った。

それを見た光雲は顔をほころばせ、雨蘭をぎゅっと抱き締める。

「前から思っていたけど君は本当に可愛いなぁ！」

「そうですか？」

光雲が、雨蘭のどこを可愛いと思ってくれているのかはよく分からなかったが、兄のような、姉のような存在である彼女が、用心棒を務めてくれるのは嬉しいことだ。

これで皇帝軍のおじさんに付き添われずとも、後宮の外に出られるかもしれない。雨蘭は心のうちでほくそ笑む。

（あ、明様だ）

気づいた時には遅かった。明は既に背後に立っており、縁側で戯れる二人を見下ろして、不機嫌を隠すことなく言う。

「おい、雨蘭から離れろ」

「前言撤回、余裕のないところは少し残念に思う」

意外にも、光雲は雨蘭から離れる際に一言物申した。明もそれに負けじと返す。

「女なら雨蘭の側に置いても良いと思ったのに。どうして男の姿をしているんだ」

「男として生きている時間が長いから、男装の方が落ち着くんだ。別に構わないだろう」

「いーや、構うね。変な噂が立ったらどうするんだ」

二人はそのまましばらく、子どものような言い合いを繰り広げる。

（この二人、いつの間にこんなに仲良くなったんだろう……）

呆気にとられる雨蘭だったが、明に歳の近い友人ができたのなら良かったと、微笑ましく見守った。

「雨蘭、行くぞ。じじいが呼んでる」

「陛下ですか？」

そういえば体調を崩していると聞いていた。面会できるようになるまで回復したのだろうか。

雨蘭は光雲に「また後で」と手を振って、明の後を追った。

＊

明に連れてこられたのは謁見の間ではなく、陛下の仮住まいとして使われている大きな殿舎だった。

「おい、入るぞ!!」

雨蘭は戸惑いながらも、礼儀などお構いなしにずかずか足を踏み入れる明に続く。

「おお、明啓に雨蘭。久しぶりだな」

陛下は二人に気づいて朗らかな笑みを返した。

椅子に座り、ぼんやり外を見つめる姿はまさに隠居した老人そのものだったが、顔色は良く、会話をする分には問題なさそうだ。

「陛下、お体は大丈夫ですか？」

「……。この通り健康だ！」

答えるまでの変な間が気になったものの、元気なら何よりである。

「おい、じじい。本当のことを言え。そして謝罪しろ」

明は病み上がりの陛下にも容赦なかった。

(明様、何でこんなに機嫌が悪いんだろう？)

光雲とのやりとりが尾を引いているのかと思いきや、明に追及された陛下はぽりぽり頭を掻きながら、衝撃の事実を発する。

「えええええ⁉　将棋遊びに夢中で夜更かしして、体調を崩されていたんですか⁉」

どうりで明が怒っているわけだ。

「いやぁ、旧友と指したら一度も勝てず悔しくて、飲まず食わずで没頭していたら倒れてしまった」

「食事と睡眠は十分とらないと駄目ですよ。気をつけてくださいね」

祖父の世話をしていたことがある雨蘭は、相手が皇帝陛下ということを忘れ、ついお節介なことを言ってしまう。

「どうせ花見会を欠席するための仮病だろう。あんな演技までして……」

「はて何のことか」

「鏡華国の皇帝と仕組んだことだったんだな。礼状が送られてきた」

陛下はとぼけることを諦めたのか、「ほっほっほっ」と愉快な笑い声を上げた。

「私はただ、歳の近い者同士を会わせたら、互いにとって良い刺激になるのではないかと提案したまでだ」

明は深い溜め息をつく。

「金輪際、仮病は止めてくれ。無駄に心配しただろう」

どうやら明は、陛下が鏡華国の皇帝と通じてお花見会を画策したことよりも、仮病を使われたことの方が気に食わなかったらしい。

(明様にとっては祖父であり、親代わりのような人だもの。体調が優れないと聞いたら当然心配するよね)

それが実は仮病でした、なんて言われたら、気が抜けて文句を言いたくなるのかもしれない。明の場合、素直でないから尚更だ。

「まぁ、せいぜい長生きしろよ」

「そのつもりだ。しかし、これを機に正式な譲位を行おうと思う」

良い雰囲気になりかけていたのだが、陛下の一言で明はぴしりと固まる。

「……いつの予定だ」

「うむ。今決めた。これから約半年後の重陽にしよう」

重陽とは陽の数が重なる吉日であり、邪気払いに菊を飾ることから菊の節句とも呼ばれる。きっと素晴らしい日になると、雨蘭は目を輝かせて喜んだ。

「わぁ、おめでたいですね！」

ところが、明は死んだ魚のように濁った目を雨蘭に向ける。

「譲位の儀には漏れなくお前も参加することになるからな」

「えっ」

他人事ではないと知り、雨蘭も見事に固まった。


「まったく、とんでもないじじいだよ」

帰り道、明はまだ文句を垂れていた。

「鏡華国の皇帝と陛下が、裏で通じ合っていたとは驚きでした」

「おかげで後処理は楽に済みそうだけどな」

ということは、近いうちに明はまた、翡翠宮に通ってくれるようになるだろうかと雨蘭は期待する。

「光雲とは上手くやっていけそうか？」

「はい、私は大丈夫ですけど。明様は良いんですか？」

調理場にいた頃から明は光雲を気にしていたようだが、女であると知った今も変わらず牽制《けんせい》しているように見える。

「いけ好かないが腕は立つし、男を護衛につけるよりはましだ。それと、鏡華国の皇帝から、ここに置くよう頼まれている」

「鏡華国の皇帝から……。そうなんですね」

光雲の話では、祖国で酷い扱いを受けていたようだが、父にあたる皇帝は一応娘のことを気にかけているということだろうか。

「しかし、桃の次は菊か……しばらくしたらまた忙しくなるな」

気怠そうにしていた明が天に向かってぐっと体を伸ばすと、どこからかぽろりと黄色の玉が落ちた。

「明様、何か落ちましたよ」

雨蘭は地面に落ちた黄色っぽい何かを拾う。

（これ……。何だろう、不思議な色……）

蜜を固めたような美しい玉を、夕暮れ時の空に透かして眺めてみた。

「琥珀だ。見たことないか？」

「これがあの!!」

雨蘭はぎょっとする。何日森を歩いても見つけられなかったお宝が今、自分の手の中にある。

（ひぇぇ、明様は何て物を持ち歩いてるんですか！　しかも落として平然としてるし）

この小さな一粒に、一生暮らせるだけの価値があると思うと、緊張して吐きそうだ。

琥珀を持った手を震わせながら雨蘭は尋ねる。

「こ、この宝玉、どうしたんですか？」

「ああ。それは母親に押し付けられたものだ。莉榮に返そうと思って持ってきたが、欲しいならお前にやる」

「母親というのは……橙妃様ですか？」

まさか、と息を呑む。

「死ぬ少し前のことだ。よほど錯乱していたのだろう……っておい⁉」

雨蘭は琥珀を持ったまま全速力で駆けた。盗みを働いたわけではない。

橙妃の琥珀が見つかったことを一秒でも早く伝えたかったのだ。

「女官長！　女官長〜‼」

息を切らして帰ってきた雨蘭を、女官長は冷めた目で見つめる。

しかし、雨蘭が差し出した宝玉を見た瞬間、彼女はハッと息を呑んだ。

「ありました！　橙妃様の琥珀があったんです！　明様が持っていました‼」

「……そうですか」

「これで橙妃様にお返しすることができますね」

雨蘭がそう言うと、女官長は左右にゆっくり首を振る。

「その必要はありません。橙妃様は殿下に琥珀を渡されていたのですね」

「中秋の行事でのことだ。大方、人の判別がついていなかったのだろう」

雨蘭を追って走ってきたのであろう明は、少し息を乱しながら話に割って入った。

女官長はすっと頭を垂れ、明に向かって異議を唱える。

「橙妃様は確かに心を病まれておられましたが、人の見分けがつかないほどではありませんでした」

恐らく橙妃が息子に対し、最後にしてやれることだったのだろうと女官長は言う。

明を遠ざけ、無視をしたのは癇癪《かんしゃく》を起こした際に傷つけるのを防ぐため。感情の昂《たか》ぶりが収まり、我に返った時はいつも、自分が息子にしたことを悔やんで泣いていたという。

「橙妃様は不器用ながらも、殿下のことを愛されていましたよ」

そう告げる女官長の声は、いつになく感傷的で優しさに満ちている。

明はぐっと下唇を噛んだ後、声を詰まらせ、くしゃくしゃな顔で「そうか」と返事をした。

傍で聞いていた雨蘭の胸にも、じんわり熱いものがこみ上げてくる。

こうして琥珀宮の幽霊にまつわる騒動は、一片の曇りなく終わりを迎えたのだった。

＊

結局、例の琥珀は雨蘭がもらい受けることになった。身に余る代物だが、明と女官長は雨蘭が持てば良いと言ってくれたので、大切にしようと思う。

陛下との面会から戻った後、明はそのまま翡翠宮に留まった。

そして——久しぶりの同衾《どうきん》である。

「ここで寝るのも久しぶりだな」

「ソウデスネ」

寝台の脇に棒のように立ち、片言の返事をする雨蘭を見て、明は「振り出しに戻った気分だ」と呆れ返《かえ》る。

（違う、明様、今日は違うんです!!）

ドドドドと心臓の音が耳に響いてくるほど、雨蘭が緊張しているのには訳がある。

お花見会が終わった後、一番最初に閨をともにする時に、告白作戦を決行しようと思っていたのだ。

（昨日もあれだけ練習したんだ。今日こそ終わらせてやる……）

猪《いのしし》や熊とでも戦うのかという面持ちで、雨蘭は明の待つ寝台へと乗り上げる。

言え、言うんだ、今こそ——。

「何だ、その顔は。腹でも痛むのか？」

「違います!!」

明に笑われ、戦いは一瞬で終わりを告げた。

（というか何でそんなに夜目が利くんですか！）

雨蘭は寝そべる明の隣に崩れ落ちる。

それからしばらく、どうしたら良い雰囲気が作れるのかを悩んでいたが、次第にうとうとし始めてしまう。

思えば、お花見会の数日前から寝不足続きだった。

「雨蘭、まだ起きてるな」

「……はい」

背中側から明の手が腹に回され、雨蘭は微睡から引き戻される。

このくらいは前からされていたことなのに、久しぶりに至近距離で明の気配と温《ぬく》もりを感じると、口から心臓が飛び出しそうなほど緊張してしまう。

雨蘭は言葉を発するどころか、微動だにできなかった。

「長いこと様子を見に来られず、すまなかった。伝言をくれていたらしいな」

会いたいという雨蘭の言葉は、やはり側仕えのところで止められていたらしい。

あの時はむっとして文句の一つも言ってやろうと思ったが、明の顔を見たらそんなことはどうでもよくなってしまった。

「忙しかったのだから仕方ないですよ」

「……強すぎるのも考えものだな」

溜め息混じりに明が言うので、雨蘭は少し拗ねた口調で返事をする。

「寂しかったですよ」

明は全く分かっていない。

雨蘭は思い切って寝返りを打ち、明の胸元に顔を埋めてもう一度言う。

「あの時は、会いたかったのに、会いに来てくれなくて寂しかったです」

「そうか」

自分の思うようにならずに拗ねるなんて、子どものすることなのに、明の返事はどこか嬉しそうだ。

明はそのまま幼子をあやすように雨蘭の背を撫でてくれた。甘えても良いと言われているような気がして、不意に泣きたくなる。

「三ヶ月、頑張ったな」

その言葉が最後の一押しとなった。

全ての努力が報われたような心地になり、ぼろぼろと涙が溢れて頬を濡らす。後宮入りをしてから、随分涙もろくなったものだ。

明はそんな雨蘭を揶揄《からか》うことなく、額や鼻先に優しく口づけてくれた。

会えないうちに、いつの間にか空いてしまった心の穴が、温かいものでじんわりと満たされていく。

(今なら言えるかもしれない。言わなくちゃ)

雨蘭は涙を拭い、大きく息を吸って吐き出すと同時に、思い切って告白する。

「私、明様のことが好きです」

想いを告げた時、明がどんな顔をするのか見てみたいと思っていたのに。実際は確かめる余裕なんてなかった。

それでも、ようやく言うことができた。

「ずっと言いたくて、でも緊張して言えなくて、お酒を飲んだのもそれが原因でした」

肩の重荷が降りたようでほっとしていると、明は雨蘭を抱いたまま、自身の腹に乗せるようにして上体を起こす。

「わっ」

「顔を見て言ってくれないのか」

暗闇に目が慣れて、少し意地悪く笑う明の顔がはっきり見える。

ううう、と唸った後にもう一度、今度は優しく雨蘭を見つめる目を見て「好きです」

と言った。

「ありがとう」

明は柔らかく微笑んだ。この表情も、素直な言葉も、いつもの明とは比べ物にならないくらい甘くて、くすぐったい気持ちになる。

「この三ヶ月で立派なお妃さまになれたかは……正直分かりませんが、引き続き頑張ります」

「それは俺も同じだ。早く仕事に慣れないと、お前がまた拗ねるからな」

雨蘭は目を閉じ、口づけを受け入れる。唇が重なる直前に明は言った。

「嘘だ。俺の方こそ耐えられない」

雨蘭を抱き締める腕に力がこもる。

(明様も会いたいと思ってくれていたのかな)

いつもより長く、深い口づけに翻弄されながら、そうであってほしいと思う。

寝台に身を預けた後も、二人は何度も唇を重ねる。ようやく体を離した頃には雨蘭の思考はぐずぐずに溶かされ、ぽーっとしていた。

「煩わしい行事も済んだし、忙しくなる前にどこかに出かけるか」

明はそう呟くと「何でも雨蘭の好きなことをしよう」と言うので、雨蘭はぼんやりしたまま、頭に浮かんだことを口にする。

「それなら……もう少し先へ進んでみたいです」

「……どういう意味だ？」

明は言葉の真意を測りかねているようで、眉間に皺を寄せて尋ねる。

「閨でのことなら少しは知っています。くっついて眠るだけではないんですよね」

「まさか、また酒を飲んだのか？」

「素面《しらふ》ですよ」

自分から言い出すべきではなかったのだろうか。

不安になった雨蘭は拒絶されないことを確かめながら、横に転がる明の、引き締まった体に手を回す。

「嫌でしたか？」

「それはない。少し驚いただけだ」

明は逸らした顔を手で覆った。

彼の胸に顔を埋めると、心臓が激しく脈を打っているのが分かる。

いつも平然としているように見えるが、もしかしたら、明も自分と同じようにドキドキしていたのかもしれない。

そうだったら、嬉しい。

温もりと安心感に包まれた雨蘭は、明にぴとりとくっついたまま微睡《まどろ》み始めた。

「本当に、覚悟はできてるんだろうな」

「はい」

ぼーっとしていた雨蘭は、明の唇を柔らかく食《は》んでから、ふにゃりと笑う。

「ですが――」

今日はもう、眠気に勝てそうにないのでまた今度。

言い終わる前に雨蘭は意識を手放し、深い眠りに落ちていく。


夢を見た。

明と雨蘭、そして他にも誰かいて、温かくて幸せな未来だったように思う。

しかし、朝目覚めてしばらくすると、幸福な気持ちだけを残して夢の景色は消えていた。

あれは誰だったのだろう。もう一度眠ったら、またあの幸せな夢を見られるだろうか。

そんなことを取りとめもなく考えているうちに、随分時間が経っていたようで、隣から身じろぎの音が聞こえてくる。

「……早いな」

「おはようございます。お寝坊さんですね」

雨蘭は眠たそうに目元を擦る明に笑いかけた。

「誰かさんが煽るだけ煽って寝落ちたせいで、また寝不足だ」

ぶすっとした顔で明は言う。

(煽るって、何のことだっけ……?)

雨蘭の合点《がてん》がいく前に、明が上にがばりと覆い被さり、唇の端を吊り上げる。

「覚悟はできてると言ったな」

その一言で昨晩の記憶が瞬く間に蘇った。

(わ、私、何て大胆なことを言ってしまったんだろう⁉)

冷静になって思い返してみると、恥ずかしくて仕方ない。

全身がかあっと熱を持ち、動揺した雨蘭はつい「あの、それはまた今度で」と、逃げ腰の返事をしてしまう。

しかし、明は雨蘭の両腕を軽く押さえ、熱っぽい視線で本気だと訴えた。

「もう待たない」

朝日のおかげで、何かに耐えるような、切羽《せっぱ》の詰まった明の表情がよく見える。

その顔を見ていると、きゅうっと胸が締め付けられ、雨蘭は震える唇で彼の名前を呼んだ。

「明様……」

明は雨蘭を強く抱き締め、雨蘭も明の背中に手を回す。

ドクドクと煩い心臓の音が、どちらのものなのか、もう分からない。熱く、心地よく、溶けて混ざり合っていくようで、これ以上はないと思うほどの幸福が二人の体を満たしていった。

「明様、大好きです」

「俺も、愛してる」

心の底から、自然と言葉が溢《あふ》れ出《で》て、これまで伝えられなかったことが嘘であるかのように、とめどなく睦言《むつごと》を交わす。

（そういえば、夢の内容は思い出せず終《じま》いだったな）

けれど、いつか――近い将来、あの景色に辿り着《つ》ける気がする。

不思議なことに、確信めいた予感がした。

エピローグ

桃の国と言われるだけあって、春先の都は花に溢れ、華やかで美しい。

明とともに、お忍びで宮廷の外に出た雨蘭は、歓楽街の外れにある桃の名所に連れてきてもらい、解放感と相まって目を輝かせてはしゃいでいた。

「うわぁ、綺麗！　お花見会では全然お花を見れなかったので、嬉しいです！」

「お前の場合、花を見るより食べることの方が好きそうだけどな」

明は相変わらず可愛げのないことを口にするが、このくらいが丁度良い。雨蘭を見つめる表情は慈愛に満ちていて、これに甘い言葉を加えられたら身が持たなくなる。

「そんなことはないですけど……でも後で桃饅頭は食べましょう！　絶品なんです！」

「それは楽しみだな」

道の両脇を彩る花を見ながら、跳ねるように歩いていた雨蘭だったが、視界に入った出店の前でふと足を止めた。

砂糖の匂いが漂う店には、花や鳥を模した色とりどりの飴《あめ》が並んでおり、他の花見客も同じように立ち止まって、その美しさに見惚れている。

「綺麗……」

幼い頃、父について市場に出た雨蘭は、よくこうした飴菓子をねだったものの、一度も買ってもらえた試しはなかった。

生花に劣らぬ飴細工の美しさと、幼少期の憧れが重なって立ち止まった雨蘭だったが、欲しがっていると思われたらしい。明は銭を出しながら「どれが良いんだ」と尋ねる。

「えっ、そんな！　いいですよ!?」

「偶にはこういうのも風情があって良いだろう」

明の口から風情という言葉が出てきたことに驚きつつも、雨蘭は折角の厚意を無駄にするのも良くないと、一番華やかだと思った桃と鳳凰《ほうおう》の飴細工を手に取った。

「明様、ありがとうございます。嬉しいです」

こうして一緒に都を歩けているだけでも嬉しいのに、幼い頃の憧れが叶って天にも昇るような心地だ。

「そんなもので喜ぶとは、安いもんだな」

「飴も嬉しいですが、明様の心遣いが何より嬉しいんですよ」

微笑む雨蘭の前に、明の顔が近づいてくる。

（えっ、明様まさかここで口づけを!?）

ドキリとする雨蘭だったが、女性の叫び声を聞いた瞬間、明は反射的に動いた。

「盗っ人《と》です！　誰か！」

明は、こちらに向かって走って来る盗人の腕をとって捻り、そのまま回すようにして地面へ放り投げると、倒れた男の上に乗りかかり、財布を取って女性に返した。

その頃になってようやく、離れたところで見守っていた護衛の武官が駆けつけて、明は盗人の身柄を引き渡す。

（すごい……）

目の前で繰り広げられた華麗な逮捕劇に、雨蘭だけでなく、居合わせた人たちも大きな拍手を送った。

「明様、さっきのは何ですか⁉　かっこよかったです！」

「護身術の応用だ。惚《ほ》れ直したか？」

明は調子良く笑って言うが、その通りなので、雨蘭は真剣な表情で頷く。

「……俺は今、非常に嫌な予感がしている」

「私にも教えてください！」

その言葉を聞いた明は「やはりな」と言って顔を曇らせる。

「駄目だ」

「剣術でも良いですよ」

「最強の妃が生まれそうだから、もっと駄目だ」

茶室で明の戦う姿を目の当たりにして、雨蘭は密《ひそ》かに憧れを抱いていたのだ。いざという時、雨蘭も戦えた方が安心だろう。

しかし、どんなに説得しても、明は頑なに首を縦に振ろうとしなかった。

＊

しばらく歩き回って春の景色を満喫してから、雨蘭は桃饅頭の店を訪れた。

桃の木の下、陛下と並んで饅頭を頬張ったのも、丁度一年前のことである。

木の周りはこの一年で整備されたらしく、腰掛けが設置されており、雨蘭はありがたく座らせてもらうことにした。

「一口くれ」

隣に座る明が、雛鳥《ひなどり》のように口を開けて待っているので、仕方ない人だなと思いながらも、雨蘭は食べかけの饅頭をちぎって食べさせる。

「美味《うま》いな」

「明様も、お一つ食べたらどうですか？」

「いや、これで十分だ」

お土産用に買ってもらった分がまだあるが、そういえば、明は甘いものがあまり好きではなかった。

することもなく暇を持て余したのか、彼は突然、雨蘭の膝を枕にして横たわる。

「明様、公衆の面前ですけど……」

「春に浮かれた男女がいると思われるだけだ。誰も構やしない」

「街で噂になったらどうするんですか」

皇太子殿下はお妃さまに膝枕をご所望。しかし、お妃さまは殿下を放って桃饅頭を二つも食べていた、なんて噂になったら恥ずかしい。

「あれを見ろ。街に出回る俺たちの姿絵だ」

明が指をさした先には、絵画を売る店があった。たくさんの絵が並べられている中でも、男女二人の肖像画がひと際目立つ。

額縁の下には『皇太子』『皇太子妃』と書かれた札がつけられているが、どちらにも明とも雨蘭とも似つかない、見知らぬ男女が描かれていた。

「ええ、誰……」

「そういうわけだから、ばれないだろう」

「確かに、あれを見ていたら気づきませんね」

二人は顔を見合わせて笑う。

本人を知らない画家が想像で描いたのか、明は筋骨隆々、雨蘭は華やかな顔立ちの美女に描かれている。面白いので買って帰って、翡翠宮に飾っておきたいくらいだ。

雨蘭は愉快な気持ちになり、賑《にぎ》やかな歓楽街の様子を見つめた。

本当に、誰も雨蘭たちのことなど気にしていないようで、大胆になった雨蘭は、無造作に投げ出された明の手に、自身の指を絡める。

「平和ですね」

追いかけっこをする子どもたちが楽しそうに歓声を上げ、雨蘭の目の前を駆けていく。

「私、この国が好きです」

「そうか」

汗を流して一生懸命働く人たち、無邪気に遊びまわる子ども、出来立ての点心を頬張る人々の笑顔。

当たり前の景色を護っていきたい。

「明様、私を選んでくれてありがとうございます」

風に花びらが舞う昼下がり、始まりの場所で、雨蘭は未来の皇后としての決意を新たにする。

道のりは長く、険しく、迷うこともあるだろう。けれど、孤独ではない。

繋いだ手にぎゅっと力を込める。

二人ならきっと大丈夫。膝の上で微睡む愛しい人に、雨蘭は微笑みかけた。

番外編　春過ぎる前に

あれは梅花が十七になったばかりの、ある日の出来事だった。

(しまった、これは確実に迷子だわ。自分でどうにかできるなんて強がるべきではなかった)

父親に書類を届けに来た梅花は、案内するという門番の申し出を断った結果、宮中で道に迷っていた。

社会勉強を兼ね、父親について何度か宮廷に足を運んだことはあるが、いつの間にか誤った道を進んでいたらしい。

「黄家の娘なら、強く、気高く、美しくなければなりませんよ」

幼い頃から、ばあやに口酸っぱく教えられた言葉だ。

黄家の娘は泣き言を言ってはならないし、誰かに甘えることも許されない。一人で生きていけるだけの強さと誇りを持って、常に美しくあるべきだ。

その信念が裏目に出てしまった。

(……ここは一体どこなのかしら)

見慣れぬ景色を前に、梅花は成す術なく立ちすくむ。

「君、こんなところでどうしたの？」

何者かに声をかけられ、ハッとして振り返ると、そこには官僚と思わしき青年が立っていた。

羞恥と安堵《あんど》の両方を感じながら、梅花は事情を話す。怪しい者だと思われ、通報されでもしたら尚更恥だ。

「丞相に届け物がありまして……」

「ああ、もしかすると娘さんかな？　場所が分からなくなってしまったんだね」

青年は、蜜のような不思議な色の目を細めて穏やかに笑う。この時、梅花は生まれて初めて、男の人に美しいという感情を抱いた。

「……その通りです」

「仕方ないよ。敷地が広大な上に、どこも似たような景色で、ここで働く人間でも迷子になるくらいだ」

連れて行ってあげると彼は言う。

梅花は迷ったが、下心は全く感じない。意を決してついて行くと、そのうち見知った建物が現れた。ここまで辿り着けば、流石に迷子になることはない。

「ご迷惑をおかけしました。ここまでで大丈夫です」

梅花は男に礼を言う。思ったよりも早口に、冷たく言い放ってしまった。

(私ったらいつもこう。だから怖いとか、性格悪いとか言われるのよ)

心のうちでは反省する梅花だが、男に「帰りも送るよ」と言われると、またも厳しい口調で断ってしまう。

これ以上、迷惑をかけるわけにはいかない。そんな遠慮の気持ちが根底にあるのだが、相手には強い拒絶に聞こえただろう。

焦った梅花は十分に礼を伝えられないまま、足早に父親の職場へと向かった。

(ああ！　折角親切にしてもらったのに、酷い態度をとってしまった！)

彼が誰だか知らないので、後から詫びることもできやしない。

一人で反省会をしながら用を済ませて戻ってくると、青年はまだ同じ場所に立っていた。

「あ……」

彼を見つけた瞬間、何故か顔にかぁっと血がのぼる。

「お節介に思うかもしれないけど、迷わない方法があるから教えてあげたくて」

梅花が、あれほど冷たい態度をとったのにも拘わらず、青年は変わらず微笑みかけてくれる。

「……ありがとうございます。先ほどは失礼な言い方をして申し訳ありませんでした」

「全然気にならなかったよ。僕の幼馴染の方がよっぽど口が悪い」

彼はくすりと笑い、それから門までの道を歩きながら、木の枝に括られた目印を頼りに移動することを教えてくれる。

異性と何を話して良いのか分からない梅花は、時折相槌を打ちながら、ほとんど黙り込んでしまったが、青年は最後まで微笑みを絶やさなかった。

「またね」

別れ際、そう言われると、梅花の胸は何故かきゅっと締め付けられた。


一度会っただけの、名前も知らない彼に恋をしていると気づいたのは、梅花にたくさんの縁談が舞い込むようになってからだ。

(優しくて、素敵な方だった。宮廷に赴けば、また会えるのかしら)

見合いの場を重ねるたびに、梅花は宮廷の青年のことを思い出した。

自分に相応しいのは皇太子ぐらいだ。そう言って縁談を断り続けた罰なのか、そうこうしているうちに、皇帝廟での花嫁探しに召集されることになる。

「黄家の娘として、恥のない結果になることを祈っております」

出立する際、ばあやはそう言ったが、梅花は乗り気ではなかった。皇太子の花嫁探しなど、どうでも良いと思っていた。

廟で彼と再会するまでは──。

「黄梅花です」

「ああ、久しぶりだね。梁と言います」

＊

「そんなことがあったんですね」

話をねだった張本人である雨蘭は、目を見開き、大袈裟に驚いてみせる。

「これで満足？」

「はい。ありがとうございます！」

まだ夜にもなっていないが、雨蘭は床入りの準備を終え、あとは夫を待つだけの状態だ。妻を溺愛する男のことだから、仕事を片付け次第、真っすぐ翡翠宮にやって来るのだろう。

梅花は皇太子と鉢合わせる前に、自身が寝泊まりをしている黒曜殿へと引き揚げることにする。

「こんな早い時間にお渡りになるなんて、殿下の寵愛っぷりはすごいですね」

戸口まで送りに出てくれた雪玲は、皇太子と雨蘭の関係に憧れを抱いているようで、うっとりとした表情で言った。

「そうねぇ……」

梅花は曖昧な返事をする。

皇太子と妃の仲が良いのは喜ばしいことだが、その様子を近くで見せつけられると、時折堪《たま》らなく苦しくなる。

（はぁ……。私はここで一体何をしているのかしら）

後宮入りをする田舎娘のことが、何だかんだ心配だった。それに加え、梁との距離を縮められるかもしれないという淡い期待を抱いて、梅花は教育係を引き受けた。

ところが、ここへ来てから半年が過ぎた今も、梁との関係に進展は見られない。

（他人を羨ましく思うなんて、浅ましい）

けれど、幸せそうな夫婦を見ていると、自分もああなりたいと思ってしまう。

恋というのは、どうしてこうもままならないのか。

（こんなに辛い思いをするくらいなら、諦めてしまった方が楽なのに……）

諦めようとすればするほど、結局どれだけ好きかを思い知らされて、また苦しむのだ。

変わらない日々、変わらない関係が続いていくのだろうと梅花は思っていたが、終わりはある日突然訪れることになる。

＊

琥珀宮の幽霊に話をつけに行くと言って、雨蘭が飛び出した後のことだ。

彼女を連れて翡翠宮に戻ってきた皇太子は、すれ違いざま、「茶室の修繕が終わった。明日の朝、巳《み》の刻に見に行くと良い」と梅花に告げた。

教育係として後宮に呼んだ対価なのか、彼は時々、梁に会う機会を与えてくれる。

好きな人に一目会えるだけでも嬉しくて、梅花は珍しく早起きをして、言われたよりも早い時間に茶室へと向かった。

（これは殿下に頼まれた仕事の一環よ。雨蘭に教えるためには、修繕後の茶室の構造をきちんと把握しておく必要がある）

部下を連れて茶室を訪れた梁は、梅花を見て少し驚いた様子だったが、嫌な顔一つせず交ぜてくれた。

ところが、確認作業が終わって休憩の話になると、梁の部下たちは揃いもそろって、用があると言って帰ってしまう。

（え？　梁様と二人きり？）

嬉しいけれど、何を話して良いのか分からない。

緊張で黙り込んでしまった梅花に、梁は冗談ぽく言った。

「また明に僕を監視するよう言われた？　断っても良いんだよ」

「頼まれているのではなく、私の意思です」

梁は「そうか」と言って困ったように笑う。その顔がどことなく儚《はかな》くて、この世の何にも関心がなさそうに見えた。

毒茶事件のことがあったからかもしれない。

梅花は時々、誰かが繋ぎ止《と》めておかないと、梁がふっといなくなってしまうのではないかと怖くなるのだ。

「……梁様はご結婚をされないのでしょうか」

梅花は思い切って聞いてみた。

唐突すぎたかもしれない。平静を装いながら答えを待つ間、心臓の音がやたらと耳に響いてくる。

「今はまだ考えられないかな」

その言葉を聞いた瞬間、梅花は落胆を悟られないよう笑顔を作り、「そうですか」と相槌を打った。

(結婚したいのに相手がいないという言葉を期待していたけど……。他の誰かと結ばれる予定があると聞かされるよりはましだわ)

梅花は自分にそう言い聞かせて気を取り直す。

「梅花は？　皇太子という肩書はなくても、良い人ならきっとたくさんいるよ」

梁は一口お茶を飲んでから、世間話のように聞いてくる。

(良い人なら目の前にいますけど、今なんて？)

まるで梅花が、皇太子の肩書きに惚れているかのような口ぶりだ。

「私が好きなのは皇太子殿下でも、その肩書きでもなく、貴方です」

思わず口にしてしまってからハッとする。単に訂正したつもりが、これではただの告白だ。

「え？」

梁は目を丸くする。

誤魔化しが効くような相手ではない。梅花は動揺しながらも覚悟を決めて、頭を下げた。

「梁様。宮廷で初めて出会った時から、ずっとお慕い申しております」

返事は早かった。

「……ごめん」

その一言で話が終わる。話どころか、梅花は人生が終わった心地だった。

「いえ、お気になさらないでください。私が一方的に想っているだけですので」

乾き切った喉から、どうにか言葉を絞り出す。鼻の奥がつんとした。

それからどのように過ごし、どのように翡翠宮に戻ってきたのか、梅花は全く覚えていない。けれど、この恋は永遠に実らないということだけは分かった。

＊

恋に破れてからは一人になると毎晩泣いた。

それでも、人には悟られまいと普段通りに振る舞い、お花見会での務めを果たした晩には、後宮を去ろうと密かに決意する。

お花見会の数日前、梁に振られたと聞いた時の、雨蘭の驚いた顔といったら。

予想通り、雨蘭は梅花を引き留めたが、自分がいなくとも彼女が後宮で上手くやっていけるであろうことは、この数ヶ月の間に分かっていた。

そして、ついに迎えたお花見会当日。

鏡華国の第二皇子は噂通り、いや噂以上の嫌な男だった。

出迎えた時には目もくれなかったのに、何を思ったのか、退席するはずの時間も側に座るよう指示されて、挙げ句の果てには「この女が俺に嫁入りをするなら不可侵条約を結んでも良い」ときた。

誰がお前なんかに嫁ぐか、などという暴言を吐かずに、大人しくしていた自分を褒めてやりたい。

雨蘭が皇子に楯突《たてつ》いた時には焦ったが、いつ、誰が、逆上してもおかしくない状況だったと思う。その後、戦場と化した茶室で、鏡華国側に座っていた梅花は逃げそびれるところだった。

「梅花、こちらへ」

梁が来てくれた時には驚いた。彼は隙を見計らい、梅花を奉江国側へと連れ戻してくれたのだ。

「君を危険な目に遭わせてすまない」

「いえ、出席は私が決めたことですから」

梁に手を引かれながら梅花はぼんやり思う。

（放っておいてくれたら良いのに。どうしてこの人は、振った相手にも優しくしてくれるのだろう）

優しくされて、優しい言葉をもらったら、もしかして――と淡い期待を抱いてしまう。

皇子に押されて倒れかけた時だってそうだ。

梁に抱き留められた梅花はやはり、どうしたって、彼のことを好きだと気づいてしまい、嬉しいのと同じくらい実らない想いを悲しく思った。

＊

「じゃあ、行くわね」

お花見会が終わってすぐ、梅花は宣言通り実家に戻ることにした。

雨蘭は捨てられた子犬のようにしょんぼりしていたが、彼女が独り立ちするためにも、終わった恋を忘れるためにも、やはりここから去らなければならないと思ったのだ。

友人だというのなら、会いたいと思った時に会えば良い。だから悲しむ必要はない。

けれど、泣きじゃくる雨蘭を見たら梅花まで涙腺が緩んだ。

（思えば廟で出会ってから、ずっと一緒だったものね）

ゆっくりと進み始めた牛車に揺られながら、梅花はこれまでの日々を回想する。

雨蘭との出会いは最悪だった。

とんでもない女と同室になったと辟易したが、次第に、出自と第一印象だけで人を判断した自分を恥じるようになる。

前向きで努力家、思いやりに溢れ、周りを変えてしまうほどの強さを持った雨蘭には、どの花嫁候補たちも敵わなかった。

今は、彼女ほど皇太子妃に相応しい人物はいないと思っている。

──どうかあのまま、天真爛漫に幸せな日々を送ってほしいとも。

(あの子も、殿下も、梁様との間をとりもとうとしてくれたのに、不甲斐ない……)

梁の微笑む姿が脳裏に浮かび、じわりと涙がこみ上げてくる。

(あの優しく蕩けるような瞳を、私だけに向けてほしかった)

黄家の娘なのだから、こんなところで泣くわけにはいかない。

強く、気高く、美しく。

みっともなく、終わった恋に縋るような真似をするものか。

「梅花」

誰かが名前を呼ぶ。

幻聴、幻覚だと思った。

「会えて良かった」

亜麻色の髪をした美しい男は、そう言って蕩けるように笑う。

これは夢だろうか。

「梁様……ずっと、ここにいらっしゃったのですか？」

「僕は後宮には入れないから、ここで待つのが一番良いと思って」

どうやら梁は、後宮の門前で待ってくれていたらしい。梅花は慌てて牛車から降りる。

「どうして……」

「明から今日発つと聞いて。って、そういうことではないよね」

彼は眉尻を垂らし、申し訳なさそうに言う。

「実は少し前に丞相から、婿養子として黄家に入らないかという誘いを頂いていたんだ。僕は事実上、孤児で後ろ盾となる家がないから。君がもし良ければ、いずれという形で話を受けようと思う」

梅花の口から「え？」という言葉が漏れる。

「梁様は、私のことを好きでも何でもないのでしょう？　同情なら要りません」

素直に受け止められず、声を震わせながら断りを入れる。父親が彼に婿入りを持ちかけていたなんて、梅花は知らなかった。

「同情のつもりはないよ」

「茶室で私が好きだと言った時、拒絶したではないですか」

「それは……、僕なんかを好きでいてくれて申し訳なくて……」

「結婚はまだ考えられないのでは？」

「それも、僕はまだ、家族を持つに相応しい人間ではないと思っていたから……」

梁の声は段々小さく、歯切れが悪くなっていく。

「梁様は悪い方に考えすぎです」

外見も、中身も、誰もが羨むほど素敵で素晴らしい人なのに、何故こうも後ろ向きな考えに至るのだろう。

そこが良いところでもあるのだが、梅花はいつも不思議だった。

「君は、明を好いてるとばかり思っていたんだ」

「とんだ誤解です。私はずっと、貴方のことが――」

「うん。ずっと僕を好きでいてくれたと聞いて、申し訳ないと思うのと同時に、嬉しかった。毒茶事件の後も、変わらず傍にいてくれてありがとう」

不意に抱き締められ、梅花は瞬きを繰り返す。

触れ合う肌と、温もりが、夢ではないと教えてくれる。

華奢な人だと思っていたが、骨ばった体つきは、やはり男性のものだ。

「梁様と初めて宮廷で出会った時、私は可愛げのない態度をとってしまったのに、優しくしてくださって嬉しかった」

「あの時は、一生懸命で可愛い子だなと思ったよ」

「そう、ですか」

思いもよらない言葉にぽーっとしていると、牛車ががたりと音を立て、梅花は現実に引き戻される。

名残惜しいが、いつまでもこうしているわけにはいかない。梅花は「帰らなくては」と言い、体を離した。

「君に相応しい人間になれるよう頑張るから、もう少しだけ待ってほしい」

「私が老婆になる前に決めてくださいね」

「そんなには待たせないと思う」

二人は顔を見合わせて笑う。

「今度、二人でお花見をやり直すのはどうだろう」

「ぜひ。春が過ぎる前に」

涙で濡れた顔で梅花は笑った。

心がじわりと温まり、これまでの虚勢が溶けていく。

(約束をもらった。それだけでもう十分)

それに、彼はきっと約束を違えるような人間ではない。

風に吹かれて飛んできた薄桃の花びらが、祝福するかのように二人を包む。

これまでの人生で、今が一番幸せな瞬間だと梅花は思った。


〈了〉

あとがき

この度は『皇帝廟の花嫁探し２　～お花見会は後宮の幽霊とともに～』をお手に取ってくださり、誠にありがとうございます。

副題からしてホラー要素があるの？　と心配になり、先にあとがきを見られた方がいましたら、ご安心ください。肝試し状態にはなりますが、幽霊は出てきません！

二巻の舞台は皇帝廟から宮廷に移り、雨蘭と明、梅花と梁の関係にも進展が——あったような、なかったような……。恋愛面はゆっくり進めていくカップルだと思いますので、温かく見守っていただけましたら幸いです。

また、二巻では明の母親との確執や、隣国とのいざこざを描きつつも、『雨蘭の皇太子妃になる決意』がテーマでもありました。

確かに、出自や教養、日頃の振る舞いの面では、雨蘭は妃《きさき》に相応《ふさわ》しくないのかもしれません。しかし、そうした障壁があると理解したうえで、前向きに、一生懸命努力し、いつの間にか周りを味方につけていく雨蘭はすごいな……と作者は思っています。雨蘭の頑張る姿を通して、少しでも明るい気持ちになっていただけていたら嬉《うれ》しいです。

実は、一巻のタイトルを決める際、『皇帝廟の花嫁探し』だと、もしも続刊が叶《かな》った場合に、内容と合わなくなる懸念があったのですが、Web連載時のタイトルを気に入っていたことと、まさか続刊を出させていただけるとは思っていなかったので、そのまま となった経緯があります。

こうして書き下ろしの続刊が叶ったのも、一巻を読んで応援してくださった皆様のおかげです。本当にありがとうございました。

そして、本書が刊行される頃には、FLOS COMICにて、コミカライズの連載がスタートしているかと思います。こよりさつき先生が、雨蘭の奮闘を華やかに、生き生きと描いてくださり、本当に素敵なので、ぜひチェックしてみてください！

最後に、家族、同僚、カクヨムやSNSのフォロワーの皆様。いつも優しく導いてくださる担当編集者様。多幸感に溢《あふ》れる素晴らしい表紙絵を描いて下さったNardack様をはじめ、本書の出版に携わってくださった全ての皆様。そして何より、本書を手にとってくださった皆様に、心よりお礼を申し上げます。

皆様が素敵な日々を過ごされますように。

藤乃《ふじの》早《さ》雪《ゆき》

＜初出＞

本書は書き下ろしです。

この物語はフィクションです。実在の人物・団体等とは一切関係ありません。

メディアワークス文庫

皇《こう》帝《てい》廟《びょう》の花《はな》嫁《よめ》探《さが》し2

~お花《はな》見《み》会《かい》は後宮《こうきゅう》の幽霊《ゆうれい》とともに~

藤《ふじ》乃《の》早《さ》雪《ゆき》

2024年10月25日　初版発行

発行者　山下直久
発行　株式会社KADOKAWA
〒102-8177　東京都千代田区富士見2-13-3
0570-002-301（ナビダイヤル）
装丁者　渡辺宏一（有限会社ニイナナニイゴオ）
印刷　株式会社暁印刷
製本　株式会社暁印刷

●お問い合わせ
https://www.kadokawa.co.jp/（「お問い合わせ」へお進みください）
※内容によっては、お答えできない場合があります。
※サポートは日本国内のみとさせていただきます。
※Japanese text only

※定価はカバーに表示してあります。

Printed in Japan
ISBN978-4-04-915835-9 C0193

メディアワークス文庫　https://mwbunko.com/

本書に対するご意見、ご感想をお寄せください。

あて先
〒102-8177　東京都千代田区富士見2-13-3
メディアワークス文庫編集部
「藤乃早雪先生」係

冴えない王女の格差婚事情1

戸野由希

既刊2冊
発売中！

**地味姫の政略結婚の相手は、大国の
美しく聡明な王太子。でも彼の本性は!?**

　大国カザックの美しく聡明な王太子フェルドリックから小国ハイドランドに舞い込んだ突然の縁談。それは美貌の姉姫ではなく、政務に長けた地味な妹姫ソフィーナへの話だった。甘いプロポーズに喜ぶソフィーナだが、「着飾らせる必要もない都合がよい姫だ」と話す王太子と鉢合わせてしまう。幼い頃から密かに想いを寄せていた王太子の正体は、計算高く意地悪な猫かぶり！

　そうして最悪な始まりで迎えた政略結婚生活。だけど、王太子にもソフィーナへの隠された特別な想いがあって!?

月華の恋
乙女は孤高の月に愛される

灰ノ木朱風

私に幸せを教えてくれたのは、美しい異国の方でした——。

　士族令嬢の月乃は父の死後、義母と義妹に虐げられながら学園生活を送っていた。そんな彼女の心の拠り所は、学費を援助してくれる謎の支援者・ミスターＫの存在。彼に毎月お礼の手紙を送ることが月乃にとって小さな幸せだった。
　ある日、外出した月乃は異形のものに襲われ、窮地を麗容な異国の男性に救われる。ひとたびの出会いだと思っていたが、彼は月乃の学校に教師として再び現れた。密かに交流を重ね始めるふたり。しかし、突然ミスターＫから支援停止の一報が届き——。

君は医者になれない
膠原病内科医・漆原光莉と血嫌い医学生

午鳥志季

既刊2冊
発売中!

医者に一番必要なものとは？
現役医師が描く感動の医療ドラマ！

血が怖いという致命的ハンデを抱える医学生・戸島光一郎。落第にリーチが掛かった彼は、救済措置として人手不足のアレルギー・膠原病内科の手伝いを命じられる。

免疫が己の身体を傷付けてしまう難病患者を診療する、膠原病内科、通称アレコー。その外来医長・漆原光莉は、歯に衣着せぬ言動に加え、人として残念な面が多々あるものの、どんな些細な症状も見逃さない名医として大きな信頼を得ていた。そんな彼女の下で戸島は様々な患者と出会い、多くのものを学んでいく。

メディアワークス文庫

第30回電撃小説大賞《メディアワークス文庫賞》受賞作

心獣の守護人

―秦國博宝局宮廷物語―

羽洞はる彦

凸凹コンビが心に巣食う闇を祓う、東洋宮廷ファンタジー！

二つの民族が混在する秦國の都で、後頭部を切り取られた女の骸が発見された。文官の水瀬鷲は、事件現場で人ならざる美貌と力を持つ異端の民・鳳晶の万千田苑閂と出会う。

宮廷一の閑職と噂の、文化財の管理を行う博宝局。局長の苑閂は、持ち主の心の闇を具現化し怪異を起こす“鳳心具”の調査・回収を極秘で担っていた。皇子の命で博宝局員となった鷲も調査に臨むが、怪異も苑閂も曲者で⁉

優秀だが無愛想な苑閂と、優しさだけが取柄の鷲。二人はやがて国を脅かすある真相に辿り着く。

第30回電撃小説大賞《選考委員奨励賞》受賞作

無貌の君へ、白紙の僕より

にのまえあきら

これは偽りの君と透明な僕が描く、恋と復讐の物語。

なげやりな日々を送る高校生の優希。夏休み明けのある日、彼はひとり孤独に絵を描き続ける少女・さやかと出会う。

————私の復讐を手伝ってくれませんか。

六年前共に絵を学んだ少女は、人の視線を恐れ、目を開くことができなくなっていた。それでも人を描くことが自分の「復讐」であり、絶対にやり遂げたいという。

彼女の切実な思いを知った優希は絵の被写体として協力することに。

二人きりで過ごすなかで、優希はさやかのひたむきさに惹かれていく。しかし、さやかには優希に打ち明けていないもう一つの秘密があって……。

学校、家族、進路、友人——様々な悩みを抱える高校生の男女が「絵を描く」ことを通じて自らの人生を切り開いていく青春ラブストーリー。

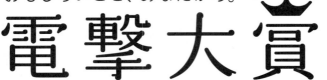